微幸福

孙广勋 著

作家出版社

目 录

世象评弹

序：有温度有情怀的文学书写

刘晓川

认识孙广勋是因为文学。我在《京郊日报》供职时，曾签发过他的稿子。后来编辑送交给我的他的稿子慢慢多起来，我就对他的名字有了印象，只觉得这个延庆小伙子真能写，作品也符合我们报纸的要求。再仔细一想，觉得这个小伙子是个有心人。他能琢磨出什么稿子符合报纸需求，多长篇幅适合版面要求。我便对他留意起来。

后来孙广勋出版了他的第一本随笔集《行走在边缘》，并申请加入北京市作家协会。那一年我恰是北京作协聘请的入会申请资料的审读人员。我惊异地发现，孙广勋报送的创作成果的材料，除《行走在边缘》外，还有许多在报刊发表的作品的复印件，而且其中不乏大报大刊，如《北京日报》《人民日报》《前线》等。我一下对这个小伙子有了好印象，因为在这些大报大刊上发表作品非常不容易，于是我郑重签署了推荐他入会的审读意见。

再后来，孙广勋给我投稿，称他最近写了一篇较长的散文，很想登上我任编审的北京作协会员刊物《北京作家》。作为编辑，哪有拒人于千里之外的道理？我读了孙广勋的长篇散文，是一篇回忆父亲的散文，篇幅很长，头绪很多，但是有些零散，父亲的形象立不起来，虽写了父亲很多优秀品质，但是没有一根主线。这样的稿子很难用。但我从这篇稿子中发现了能够串起其父一生的关键词：盖房。一生中父亲盖了很多次房——是不是应该生发出一些故事？我按照作者留下的电话，联系上孙广勋，跟他说了我的想法，就是抽出"父亲盖房"这条主线写文章，写出父亲的固执，而且篇幅要从八千多字压缩到四千多字，标题就改作《父亲盖房》。我能感觉得出，电话那头的孙广勋，对我这样对稿子"动大手术"有些不解，但他很快就释然了，明白散文只有这样有所取舍地写，才能写好。很快，他就按照要求修改了稿子，发给我。应该说孙广勋有较好的领悟力，文字也有一定的表现力。这后一稿就显得层次清晰了。一位纯朴的乡下老人，有固执的盖房情结。他宁肯苦自己也要实现给儿孙盖房的梦想，由此生发的故事跃然纸上。稿子经反复编辑，通过终审，发表在二〇一五年第三期《北京作家》。这也是收在本书"随缘心语"一辑中的《父亲盖房》。

作家出版社出版的《微幸福》是孙广勋的第二本散文随笔集。开卷通读，真是有些惊喜。本书收录的八十多篇作品，都曾在报刊发表。它们接地气、有温度、有情怀。第一辑"乡情留韵"，作者描绘秀丽山水，书写延庆的建设和变化，写出延庆的发展。

第二辑"世象评弹"，作者对社会世象有感而发，表达真知灼见。

第三辑"随缘心语"，作者写父亲母亲、妻子女儿、同学乡邻之情，亲情、友情、爱情……感人至深。在这些作品中，他对故乡延庆改革开放四十年历程的描摹、对亲人们日新月异的生存状态的观察，让我感受到孙广勋对家乡、对亲人、对这片浸润了先烈鲜血的土地的热爱。他把这种浓浓的爱转化为一篇篇文字。我更能感受到作者的勤奋，留意书中每篇文章后所标注的发表时间，会发现他在报刊发表文章非常频繁，真是"天道酬勤"。

从阅读感受说，我比较喜欢"随缘心语"中的文章，因为这些文字里有作者自己的身影，有作者在生活中触动心扉的悲喜。比如《飘逝的黄围巾》，写"我"读师范时，女生仙儿对家境贫穷的"我"的帮助。因为"我"的宿舍停暖气，仙儿送来了带清香的棉被。担心"我"顶风骑车回家的路上受冻，仙儿利用课余时间赶织出一条黄色的毛线围巾送给我，两人由此产生了真挚的情感。然而师范毕业，天各一方，"我"再去找仙儿，得到的却是冷漠的回应与分手的结局。"我抑制不住伤心，发疯似的跑到自己儿时玩耍的村边荒原上，泪水哗哗流在了依然带着体温的那条黄围巾上。"这样的细节描写，非常感人。

相信孙广勋还会循着自己熟悉的路径，一如既往地写下去，我们有理由期待，他会在文学上取得更好的成绩。

乡情留韵

漫步妫水河畔

晨曦刚拉开夜的帷幕，我就起了床，走出校门。仲夏虽然酷热，但早晨却十分清爽，令人心旷神怡。一路上呼吸着新鲜的空气，迎着微凉的晨风，不觉已到了不远处的妫水河边。

"呵！好一湾碧水。"

放眼望去，只见河水如带，缓缓流动，在前方不远处，折进了茂密的树林之中，裸呈在眼前的，只是它初展风姿的短短一段，但已牵住了我的目光。河水澄清碧绿，绿得那样鲜亮、那样娇嫩，绿得那样清纯、那样明秀。河中水草葱绿，水底游鱼历历可数。这满盈盈的绿意似乎正在朝着河岸漫漾，一直漫到脚下。微风徐徐，清涟层层，激滟的波光流转跳荡，闪闪烁烁，明明灭灭，真让人目为之眩、神为之颤！

河畔碧草茸茸，像厚厚的毛毯，轻轻地覆盖在大地上，松松的，软软的；又像一群可爱的孩子匍匐在母亲的怀里，拥抱着，亲吻着。晶莹透亮的晨露，有的挂在草尖上，有的闪烁在草叶中，仿佛粒粒璀璨的明珠，夹在翡翠色的长匣中。河边油油绿树，或枝丫纵横、古朴奇特，或树干笔直、清秀挺拔。

浅草茸茸，树木丛丛，青葛依依，杂花点点，鸟鸣唧啾，啼叫得水更清更静。而此时，这树、这草、这人影以及那灰白的天空一并映入水中，被哗哗的流水声振荡，荡漾出一幅幅千变万化的图案，妙不可言，真可谓"林光悦鸟性，河影空人心"。

望着眼前这充满绿意的景色，我仿佛进入了另一个世界，有点飘飘然的感觉，不觉来到小桥上。此时，天色渐明，那点日出的微光使天地间又平添了几分色彩，让人觉得更加迷人，如醉如痴。

我又看了看妫水河，不知怎么，我再也无暇观赏这诗境般的画面，心里豁然漾起了一股异样的感觉，连自己也说不清的感觉，只觉得就像盛满了水的瓶子，一晃就非要洒出来不可。

脚下的水仍旧缓缓地流淌着，它没有长江那气冲霄汉的磅礴气势，没有大海那浩瀚的海面。它只是窄窄的一条小河，一条默默地永不停歇地向前流着的小河。不知怎么，我忽然冒出这样一个念头：在万紫千红、生机勃勃的改革大花园里，我不做园中的牡丹、玫瑰，也不做芍药、美人蕉，不做……我只愿做当中的一朵茶花，一朵永远能给别人营养和清香的茶花，为这个百花园增添点雅趣。

在回来的路上，我的心情舒畅极了。

发表于 1993 年第 10 期《说写月刊》

情系荒原

夜，很深。

洁月的清辉，稀星的散光映着偌大的夜空。窗外，有一小片荒草地，旁边是一条不宽不窄的甬路。透过纱窗，顾盼四周，一片沉寂……

同窗的几位都出去了，我因身体不适而待在宿舍，想起来，快要毕业了，心里总有点沉甸甸的感觉，空气仿佛都涂抹上了咸味，不觉内心的天平倾向了儿时的园地——荒原。

大概是有条石子小路通向荒原吧！在它的旁边，有一排半新不旧的房屋。

记得在走下荒原的晚上，我哭了，独自在那儿度过了一个失眠的夜晚……

荒原，显得好大，好有气势，又好凄凉。

天边积聚着几絮散云，宛如凹得深深的皱纹，依稀能辨出深浅不同。四周是不完全的暗，地平线虚虚的，草地起伏，岩石蛰卧着，一条山间小径直通向远方，似要把人带向一个更美更奇的世界，是那么神秘，而又如此亲近。微微拂过几缕清风，显得荒原更有些奇致了。这雄奇的荒原，可真叫人沉迷。

静，出奇的静。正是这，衬出了往日的喧嚣。

天空依旧是高远的，像有马儿在云间驰骋。月光丝绒般的温暖，月牙儿清莹得让人怜惜，下面有庄稼、草地，有小屋、树木……隐隐约约，我好像才懂得，谁是这荒原的主人。

还记得外出求学临走时那动人场面。我曾经在内心深处期许过：待不久秋风起时，再看我与荒原嬉闹、与秋雨嬉戏。我将把青春的风采与荒原相连，因为，我的根在这里深深扎下。

如今，多少个严冬过去，多少个酷暑流逝，风的抽打，阳光的灼晒，生活在闪耀，我的心在激跳。寄情于笔，铺纸落墨，我只有凝起笔力，挥洒在荒原无边的纸上，续写辉煌奇致的荒原景色，去展现乡人的傲然之气，去构造自己的奇幻世界。

蓦地，我孤冷的心有一种异样的感觉，好舒畅，恬美……

发表于 1994 年 12 月 21 日《语言文字报》

妫川之恋

走进妫川大地，那是满目的拥青蓄翠。

走进夏都延庆，那是生态风景的仙境。

且不说那古朴雄伟的八达岭长城，只说那清新淡雅、沁人心脾的松山自然风景，就能使你为之神往。层峦叠翠的松林，奇绝怪异的峰岩沟壑，叮咚作响的潺潺山泉，鸟瞰林间，青山如黛，在此可望山峰竞秀林如海，在此可听流畅悠扬泉如琴。踏足松山，仰望巍巍海坨，犹置身绿海之中，才知道远离了喧闹都市的享受，因为这里有的，只是大自然赋予的惬意与神趣……

且不说那"天苍苍，野茫茫"的康西草原，只说那浑如天籁的玉渡山就足以使你赞叹不已：山、石、林、泉、瀑、花、草，一应俱全；春、夏、秋三季花开不断，山清水秀，鸟语花香。茸茸的小草犹如天然的绿色地毯，让你的眼底尽收大自然的旷达；潺潺不息的溪流似一条蜿蜒的银带，让你感受到生命的蕴涵。那是一块鲜为人知的处女地，那是一缕最原始的绿色记忆，那是一个回归自然最美好的去处，那是一颗藏于深山的绿色明珠。水作青罗带，山如碧玉簪。仿佛是用手徐徐展开的一轴山水长卷，自然的风韵扑面而来，游人无时无处不在画境之中。奇山丽水的底蕴更有着南国山水的柔媚与婉约。那山，天道沧桑、鬼斧神工，似附丽了人的感情，山水也就有了人的性格和灵性；那水，碧波清流，九曲萦回，绿得氤氲，柔得缱绻，拓山光鸟影于怀，纳长天白云在胸。山回水转，水贯山行，真可谓"水出疑无路，云开别有天"。在这山、水、林绝妙组合的静谷风光里，肯定会使你领略到那种"天人合一"的至高境界。

且不说那浩瀚无边的玉湖官厅，只说那"谁信幽燕北，翻如楚越东"的妫水河，也足以使你流连忘返：迂回曲折的水流清澈见底，两岸的青山碧树、草滩绿苇、婀娜多姿、婆娑作响，尽得山川风韵；还有那夕照的彩桥、成群的野鸭，一派生机盎然；更有那烟波浩渺、柔媚迷人的妫水湖——喷泉高扬、水光潋滟，如同把人带入了一个多维的立体艺术画面……试想，嬉戏于这青翠欲滴、风采旖旎的妫川大地，怎能不让人激情荡漾、浮想联翩呢！

且不说鳞次栉比的城市楼阁，只说那城市的园林景观就足以使你驻足不前：一行行翠柏垂柳生机盎然，一个个特色公园绽放异彩，一块块大小方地花团锦簇。这里是花草的海洋，这里是人与自然最和谐的天地。四通八达的林荫大道交错穿梭，富有人文特色的建筑点缀其间。你若走在这宽阔平坦、绿影连连的街道上，那舒畅的感觉肯定会让你久久难以忘怀。看，海鸥飞翔，这般祥和;瞧,柳条婆娑,那般怡情。这真是一处如诗如画的绝妙画卷,这真是一个无一不美、无处不奇的绿色花园城市!这真不愧是许多人都作为旅游首选地的国家级生态示范区!

绿色,生命的象征;绿色,蓬勃的标志。

我爱绿色,更爱绿意浓浓的夏都延庆!

发表于 2008 年 5 月 12 日《劳动午报》

果香秋韵别样浓

秋风习习风光好，果香秋韵别样浓。

秋天在哪里？秋天在云里，秋天在水中，秋天在硕果累累的果实里，秋天在人们绽放的笑脸上！

这里是一个水果大世界。放眼望去，成片的葡萄，犹如串串珍珠透着晶亮，透着喜气；遍野的苹果树，红、黄、粉、白，相映成趣，绚丽的色彩令人目不暇接……那些摇曳的树枝溢满了丰收的气韵，向人们尽情展现着那股浓浓的秋意，真可谓枝枝诱人、粒粒传情。这里的树木是美的，它和蓝天、白云、草地、山丘一起编织了五彩斑斓的画面；这里的水果是清香诱人的，白里透红，红里透粉，葡萄、苹果、梨，品种多达几十种，真称得上是风格各异，香气袭人。闻一闻，你可以感受到扑面而来的阵阵飘香；摘一摘，你可以体验到丰收的乐趣；尝一尝，或酸，或甜，细细品味，肯定令你回味无穷，浮想联翩。伴随着累累硕果，倾听着煦煦秋风，各色水果漾满了诗情画意，秋色秋意浸染了妫川大地。这，简直就是一个水果的海洋、水果的世界。

这里还是一个绿色的大花园。延庆位于北京西北地区，享有"天然氧吧"之称的国家级松山自然保护区就位于此。这里林木覆盖率较高，空气质量优越、气候宜人。这里阳光充足，昼夜温差大，所产水果口感异常甜润。如今，这里已经建立了千亩李子基地、千亩果品采摘园……而最值得一提的是，曾经荣获国家葡萄金奖的前庙葡萄，如今已经获得有关权威部门的"有机葡萄"认证，是名副其实的看着诱人、吃着放心的绿色果品。每到秋季，成片的葡萄、苹果，把大地装扮得分外美丽。看树木上累累硕果缀满枝头，听林间小鸟自由欢歌，无论是姹紫嫣红的果叶，还是林间那黄中透着绿的草儿，似乎都成了和风煦日中午隐还现的几缕欢喜。

这里更是一个休闲的好去处。时下，延庆正在举办金秋果品采摘节，那一望无际的葡萄基地，那遍野的果品采摘园，早就披满艳丽的节日盛装，翘首以待远方的来宾体验郊游的野趣。你可以来这里悠然地踏秋，呼吸郊外清新的迷人气息；你可以来这里采摘品味真正的绿色果品，尽情徜徉于万顷波涛般的采摘园中；你可以来这里享受城市里所鲜有的静谧，度过美好的休闲时光；你可以欣赏到本地淳朴的民风民俗，吃农家饭、睡农家炕，领略民间文化的博大精深……一路走来，这里简直就是令人心驰神往的休闲佳境。

枝繁树绿惹人醉，好吟诗文谱华章。主客气雅百里飘，果香秋韵别样浓。水果的清香沁人心脾，果品采摘节是夏都延庆一道靓丽的风景。

发表于 2008 年 11 月 5 日《京郊日报》

久违的雪

　　雪花飘落，窗外霎时已成了雪的世界。久违的雪终于再次扮靓京城。

　　要知道，这可是今年冬天第一场全市范围的普遍降雪啊！姗姗来迟的"雪姑娘"似乎是在对自己的"迟到"表示歉意，竟毫不吝啬地几番登场，终于给咱们京城涂满了冬的韵味。

　　谚语云，瑞雪兆丰年。望着漫天的雪景，我还等什么，我要到雪地里走一走、逛一逛。

　　刚一宣布下课，我和我的学生们就像洪水冲破了大堤，跑到雪地里，恣意地享受雪给我们带来的惬意与乐趣。这雪花是越来越多，越来越大了。不一会儿，地面上，草地上，屋檐上，树叶上，开始积起厚厚的雪了。我伸出手臂去接雪花，仔细端详。啊！那雪花晶莹剔透，在光的映射下显得五彩斑斓。可正如好的东西似乎总是短暂的一样，这雪花还没等我细细地研究，就瞬间在我手掌上化作了一滴清水！

眺望远处，我瞬间就被眼前的景致深深地吸引：那是长城脚下下下雪的山脉，银白得让人恍入梦境，清新自然得让人如醉如痴。片片屋舍银装素裹，青松翠柏绽满冰花，真是别有一番趣味！雪仍旧不停地下着，飘飘洒洒地漫天飞舞，落在头上，化在心里，似乎有流水在眼帘闪过，又似乎有纤纤的草儿在撩动心头。一阵爽朗的风吹来，不由让我张开大口，有一种大喊的欲望与冲动，恣意的心也不由得震颤起来。

真是很久没见着这雪了，真是有些迷恋这世间美妙的造物。是她，是她带来了这广阔而动人的画面，带来了这空旷而神奇的景致，也悠然成就了冬季的静谧与奇魅。

"玩雪喽！"忽然，一阵欢声笑语打断了我的思绪。放眼望去，操场已经成了欢乐的海洋：一心一意堆雪人的，兴致勃勃打雪仗的，撒开腿儿互相追逐的……欢快的孩子们追逐着、嬉闹着，你一来、我一往，爽朗的笑声在天际间辗转回荡。看着他们，仿佛看到了少时的我，充满激情，满载憧憬。是啊！在这旷达的雪野里，纵然是一身崭新的冬衣落满雪花，纵然是一双锃亮的新鞋溅上雪泥，明净的心头也尽是少有的恣意。

或许是经不起这喜人的诱惑，或许是真的耐不住寂寞，我也加入了孩子们中间，与他们一起"野"、一起"疯"去了！

发表于 2009 年 3 月 7 日《京郊日报》

妫川唱心曲

从小到大，我就一直没离开过延庆。求学数载，工作数年，一晃就过去了，回过头看看生我养我的家乡，竟让我有些惊讶、有些兴奋，惊讶她那动人心魄的姿容，兴奋她那翻天覆地的变化。

几年以前，我还在延庆师范念书。那时还没开通公共汽车，只有几辆旧式中巴车跑着，自然票价不菲。每逢星期日我得从25公里外的家往城里赶。骑一段公路，换一段土路，自行车的叮当声时常伴随着我。说起来惬意，但一遇到雨天、雪天，那狼狈劲儿，简直让我不堪回首。记得当时，闲暇之余，总爱逛逛学校旁边的树林，很少到城里走一走，因为也没什么吸引人的，只有那几幢小楼依稀地散落在城市中心，更别提什么大型休闲场所了。

如今，马路修宽了，连接京城的崎岖山路也早变成了宽阔的八达岭高速。交通快捷了，延庆人的心思活了，来延庆投资的人也多了起来，加上得天独厚的自然风景优势，旅游观光的人更是络绎不绝，延庆日渐焕发了新颜。

就是这么短短几年，一座现代化的首都旅游卫星城拔地而起。鳞次栉比的高楼大厦比比皆是，四通八达的林荫大道交错穿梭。走在宽阔平坦、纵横成网的马路上，那意气风发的高兴劲儿就甭提了！充满南国风情的夏都公园、气势非凡的升降式妫川广场、宏伟壮观的万人体育场等一系列大型建筑，如雨后春笋般点缀其间，错落有致地形成了城市的新格局。其中，最吸引人的，就数占地面积近10万平方米的妫川广场了。平日里，这里徜徉着三五成群的人们，悠闲自得，看看这里盛开的鲜花、茸茸的绿草，欣赏着矗立在广场中央那挺拔壮观、气势恢宏的大型现代雕塑"妫川情"，真是一种从未有过的别样的享受。每当夜幕降临，华灯初放，彩灯闪烁，泉水时喷时涌、时高时低，广场在彩灯的映照下流光溢彩、五色斑斓。人们不约而同地会集到这里，踩在或方或圆、别具匠心的彩砖上。广场还新建成了步行街，为城市又增添了一道亮丽的风景线。这里，成了市民和游人休闲观光的乐园。好像就是一夜之间，昔日的小城摇身一变，成了极具特色、闻名全国的花园城市。

　　就在几年前，乡村还是保持着很朴实的样子：泥泞的小路、低矮的平房。在村落里，整日在田地劳作的人们照旧日出而作、日落而息，平静得就像杯子里的水。而现在，村村通了公路，面朝黄土背朝天的乡亲们活跃了起来，外出打工的人多了，特色种植、专业养殖等，也蓬勃开展了起来。老百姓的腰板挺起来了，腰包鼓起来了，房子也大了、亮了。前不久，忙了许久的我回家一看，焕然一新的村容村貌映入了我的眼帘。村内的大小街道铺上了沥青，打上了水泥路面，两侧还栽上了垂柳，砌上了花墙。

这在以前，那可是想都不敢想的事儿。

打开电视，正播放着延庆台的节目，新闻里传出了让人听了就心甜的声音：新的一年里，我们将启动生态立区的发展战略，大力发展高效生态农业，创绿色安全品牌，使延庆走上跨越式可持续发展的道路。

是啊！优质的生态环境，发达的旅游业，优美的城市建设，延庆正以一个现代化的首都旅游卫星城的崭新形象，迈步在新世纪征程中。延庆人正以饱满的激情，用双手创建着美好的明天！

我憧憬着，盼望着。顿时，我的心就如妫河水，敞亮而清澈。

发表于 2009 年 3 月 16 日《京郊日报》

难忘的"红色之旅"

穿过历史的风雨云烟，1949 年，这个令国人无法忘记的年头，一直深深地镌刻在中国人民的心间。因为，就是在那一年，新中国成立了！斯情斯景，随着时间的流逝，历史的一幕幕已飘然逝去，却依旧给后人留下了无尽的思考和遐想。

为增进对历史的了解，陶冶爱国主义情操，一个晴朗无云的日子，我们参观了冠山脚下的平北抗日战争纪念馆。

一个多小时的参观游览，聆听讲解员人情的介绍，我重温了那段给中华民族特别是给平北人民带来深重灾难的历史。时至提笔的这一刻，内心那种难以抑制的激动，还是不由分说地把我拉进了那段残酷而又动人心弦的历史，眼前不觉涌现出一批批可歌可泣的英雄人物……

这里有抗日英雄白乙化的丰功伟绩。在依山傍水、景色宜人的密云河北村南山顶，绿树丛中矗立着一座庄严雄伟的大理石纪念碑。碑上镌刻着原八路军冀热察挺进军司令员萧克将军手书的八个大字："血沃幽燕，名垂千古"。它纪念的就是抗日战争时期在平北一带令日伪闻风丧胆的抗日民族英雄、原八路军晋察冀军区步兵第十团团长、丰滦密抗日游击根据地的奠基人白乙化烈士。1940年5月，白乙化满怀信心地接受了开辟丰滦密根据地的艰巨任务。一开始，他就对丰滦密地区的敌情、民情、地理环境做了细致的调查研究，并根据具体情况做出了"集中主力于外线打击敌人，掩护内线发动群众建立根据地"的活动方针。在短短的几天里，他率部忽而北上捣毁了五道营子据点，忽而东进重创小白旗的敌人，忽而南下袭击司营子据点，忽而又出现在丰宁境内。白乙化充分运用机动灵活的游击战术，打得敌人晕头转向，纷纷惊呼："延安的触角伸向了满洲！"

这里有"一代女杰"杜莲英的传奇风采。在展览资料中，有一张照片比较引人注目。那就是时任全国妇联主席的彭珮云与延庆区一位普通的农村老党员的合影。这位年过八旬却依然精神矍铄、意气风发的老人，就是抗日战争时期曾任延庆太平庄地区妇联主任的"一代女杰"杜莲英。当时，由于敌人的封锁，驻扎在北山一带的八路军各种物资都比较缺乏，因此，很多运输物资的任务就交给各地妇联办理。杜莲英就带领妇联成员和一些姐妹，为八路军做军鞋。由于她的机智、勇敢和坚强，她们一次又一次地出色完成了党交给的任务，比如巧运布匹、巧藏军鞋，为支援八路军抗敌做出了突出的贡献。

这里还有被誉为"当代佘太君"的邓玉芬。邓玉芬一家十口人，有四人走上了抗日战场，有七人先后为革命献出了宝贵的生命，人们都亲切地称她为"革命战士的好妈妈"。她不但积极让几个儿子参加八路军，自己也时常为抗日队伍烧水、做饭、缝补衣裳。在丈夫、儿子被敌人杀害之后，悲痛欲绝的邓玉芬一方面叫前方的几个儿子狠狠地打击敌人，一方面毅然和根据地的人民投入了艰苦的抗日斗争。邓玉芬虽然只是一名普通的农村妇女，但是为了打败日本侵略者、拯救中华，不惜贡献出七位亲人，这在中国革命史上也是极少见的。这种无私无畏、坚强不屈，怎能不让人顿生敬意呢！

就是在这生我养我的土地上，就是在这英灵安息的地方，如此动人心魄的故事真是太多太多。不知道有多少人冒生命危险为八路军送军鞋、送公粮，不知道有多少人像亲人一样照顾英勇负伤的八路军伤病员，也不知道有多少人在日本鬼子的屠刀威逼下，因咬紧牙关不向敌人透露半点信息而妻离子散、家破人亡……

走出平北抗日纪念馆的那一刻，我们大家的心情都有些沉重。因为，在我们心里，"落后就要挨打"的历史教训已刻骨铭记，"国家兴亡，匹夫有责"的民族责任感已深深树立。"以史为鉴，警钟长鸣，勿忘国耻，奋发图强。"在纪念碑前，一行人庄严宣誓，一定充分发挥自己在工作中的模范带头作用，踏实工作，努力拼搏，为中华民族振兴的伟大事业奉献出自己的力量！

发表于 2011 年 7 月 9 日《北京日报》

醉美四海

　　走进"四季花海"，仿佛看见了一幅幅浓墨重彩、富丽堂皇的油画！迈入"生态乐谷"，如同陶醉在花香鸟语、清新淡雅的世外桃源！

　　远远望去，青山绿水之间，花草树木漫山遍野、错落有致。山上郁郁葱葱，山下争奇斗艳，似乎交织着片片多姿多彩的锦绣绸罗，红橙黄紫，娇艳无比。数千亩各色花儿种满了这里的沟沟坎坎，层峦叠嶂，让人目不暇接，不胜欢欣。群山环抱之中，蓝天白云之下，初升起来的绚烂秋阳，瞬间就拥抱住了这五彩斑斓的花海。那一缕缕柔和的光线，好似条条金丝穿梭在这青翠欲滴的沟谷之中；那一条条山间小径，或蜿蜒曲折，或阡陌纵横，时而婉转，时而笔直，渐渐延伸到远方，给人一种难以言传的神秘感。我心想：再高明的画家，面对着如此动人的胜景，即便手中握有再多的笔与颜料，或许都会觉得有些捉襟见肘。

　　扑面而来的是一股股花的芳香，淡淡的、清清的。注目凝视，双眼顿时被久久拽住。橙黄明亮的花田，像画家肆意的涂抹，次第展开。虽无规则可循，但足以让人联想起印象派的超然韵味。在不由自主的思量品味中，清香已经悄然沁入心头，顿感神清气爽，真是一幅绝美的山水画卷啊！不时还看见一个个持"长枪短炮"的摄影爱好者，或蹲或站，或侧或仰，咔嚓咔嚓的快门正在记录这诱人的美丽花景，留存下丰富多彩的画面，将唯美的记忆定格为永恒！不远处，还有几对穿着婚服的新人，正由这竞相开放的鲜花见证甜蜜的爱情。延庆四海，简直就是极致清雅的世间仙境！按捺不住激动的心情，悠然下车快步奔向花丛中，身临其境的妙感，让我再也控制不住内心的喜悦，忽然想大喊、想跳跃……多想让时间停滞，让此刻的时光成为永恒。定睛审视，橙黄的万寿菊、洁白的百合、瑰丽的五彩玫瑰、紫蓝的薰衣草……或红肥，或绿瘦，黄灿灿、红彤彤、蓝汪汪，清新欲滴得好似一段段妙不可言的童话。盈满枝头的鲜花竞相绽放、绚丽多姿，花瓣儿上的水滴在阳光的照耀下，更显五彩斑斓、缤纷似锦、晶莹潋滟。尤其是留香谷，充满欧式色彩的丘比特、罗马柱、风车，与紫色花海遥相呼应，三五成群的人们踱步于此，真是别有一番趣味！

　　来"四季花海"看看！奇幻般的花之王国，会让你瞬间爱得如醉如痴！

　　　　　　　发表于 2012 年 9 月 14 日《京郊日报》

妫河风情

　　出燕塞雄关八达岭，驱车北行二十余华里，就到了被誉为"北京夏都"的生态花园城市——延庆。山水之城的延庆，值得一提的是，有一条人称"东方莱茵河""北京塞纳河"的秀水——妫河。

　　妫河究竟因何得名，说起来并没有明确的史料可以佐证。妫河畔的老人们说，"妫"是女娲氏的称谓。当年女娲在这里"炼五色石补天"，妫河就是女娲"折鳌足支撑四极"、平治洪水而形成的，是养育了万物的母亲河。据史书记载：妫水之滨曾为舜都，尧禅位于舜时，尧为考验舜的政治品质，便把女儿嫁给他。舜则让妻子在妫水之滨像一般妇人一样辛勤劳作。一年复一年，荒凉贫瘠的妫川变得地肥水美，舜博得了尧的信任，尧的女儿也被人们千古传颂，成为勤劳而美丽的妫水女。

　　其实，不仅妫河诸多的传说引人入胜，其奇秀之美更是让人惊叹不已。妫河，源自群峰环列的松山国家级自然保护区，东穿龙庆峡婉转出山，至金牛山西折，经妫川大地绕康西草原而入官厅湖，全长迤逦百余华里。河水九曲回肠，蜿蜒流淌，清澈见底。沿岸丛林竞秀，环境清幽。河畔两侧景景相连，美丽如画的田园风光引人入胜，动人心弦的古老传说极富诗情画意，令人心旷神怡。在这里，你可以体验漂流的畅快淋漓；在这里，你可以感受妫河的妩媚动人。正是由于妫河尽得北方山水之神韵，故为历代所推崇。一千五百年前，北魏郦道元曾亲临勘察，并在《水经注》中写下一节优美的文字；金元两代帝王沉迷其水光山色，銮舆而来，驻跸不去；明清时期这里已成了旅游胜地，而在当时，妫河曾被推为"妫川八景"之首。

走近妫河，我们可以欣赏她浓浓的翠绿。两岸植被丰茂，环境清幽，风光轻灵自然。妫河的水，波光荡漾，野鸭嬉戏，和风细雨中鸟儿在飞掠。两岸青山、碧树、草滩、绿苇，与水中小渚相互映照，构成了有声有色的立体艺术画卷。

走近妫河，乘一叶小舟顺流而下，看田园广阔，水光潋滟，河天一色，碧草茵茵。在烟雨中，不觉已漂进如诗如画的艺术境界。八公里水路，犹如一条迂回婉约的绿色长廊，激流漂荡，白浪翻滚，妙趣横生。

走近妫河，我们可以领略她悠悠的淡雅。在妫河的下游，用橡胶坝拦截了一座波光浩渺的妫水湖，依湖建了诸多公园。当夜幕降临，公园里霓虹闪烁，湖边人群踱步于方砖之上，赏赏夜景，畅谈心情，聆听着悠扬的轻音乐，真是别有一番趣味。

妫河，是真情的迸发，是山与水的缠绵；妫河，是田园风情的汇集，是心灵憩息的乐园。

发表于 2012 年 10 月 31 日《京郊日报》

燕山初春

这里，有高山，有流水，更有挺拔屹立的排排林树；

这里，有阳光，有雨露，更有沁人心脾的清新空气。

高山、流水、树木，阳光、雨露、空气……浑然一体，交织成这样一幅风景画：似乎隐藏着传统国画的厚重气息，似乎又透着现代油画的深远意境，大气而磅礴，婉约而妩媚，浪漫中富含着现实，现实中派生出传统。如果你在陶醉之中隐隐约约看到了藏在山峰后的春晖余韵，你的心或许就会为之一震，这哪里是一幅普普通通的风景油画，这简直就是让人置身桃源的世外仙境啊！

燕山的初春，绿意已经悄悄泛起，藏着些许灵动，含着点点生机，融山水于一体，富天地之精华。挡不住的丝丝绿意，不断挑动着人们的心灵，唤醒人们灵动的生命意识，让人们在灵气跃动的自然环境中充满活力，不断奔波在生命灵动的路程中。你瞧，早晨徐徐升起的太阳就像孩子，一点点向外害羞张望，胆怯而带着些许调皮，只见身子忽然一个俏皮的跳动，顿时大地就溢满柔和的阳光，舒服而欢畅。

燕山的儿女，早已走出家门，奔波在外，辛勤耕作。正所谓一年之计在于春，一天之计在于晨。勤劳勇敢的朴实老农，在田间地头忙碌，用自己的汗水实现着丰收的盼望，用自己的双手织就未来美好的生活。沧桑的脸庞，虽然历经岁月的磨砺，却是黝黑健康的。想一想，这不才是"众里寻他千百度，那人正在灯火阑珊处"的真实写照嘛！

燕山初春，似大气磅礴的一幅风景画，蕴含着丰富多彩的片片醉人风景……

燕山儿女，如永不停歇的滚滚车流，透露着踏踏实实的劳动者的动人本色……

发表于 2013 年 3 月 6 日《京郊日报》

舌尖上的延庆

最近，《舌尖上的中国》，不管是视频还是图书，真真大火了一把。本人一向不爱凑热闹，可美食的诱惑让我不得不提起笔来，想说一下舌尖上的延庆。

首先说的是独一无二的延庆火勺。此"火勺"非彼"火烧"。延庆的火勺就是用一种特殊的炉子烤出来的饼，手巴掌那么大，直径10厘米左右。中间夹了一层花椒油蘸过的饼心，味道特足。如果你喜欢吃花椒面放得很多的那种花卷，那一定喜欢吃这个。做火勺用温水和面，经烙、烤两道工序而成，表面带有金钱圈，呈虎皮色，干脆适口，具有浓郁的麦香和椒盐味。延庆人管火勺的制作过程叫"打"。枣木火勺棰，长一尺左右，制作时要不断地用火勺棰敲击梨木面案，发出有节奏的"叮当"声。火勺的吃法其实和西北的肉夹馍差不多，它是中空的，又是烤出来的，所以我个人觉得要比西北的肉夹馍好。肉夹馍有点像面包，太没咬头了，而且太厚，影响吃肉的味感。

火勺历史悠久，相传是秦始皇时期修筑长城的老百姓带的干粮，特点是便于携带和保存。这种特色食品只流传于延庆及永宁地区，在当地人日常饮食中占有重要地位。火勺特别管饱，可以当主食，也可以当茶余饭后的小吃。现在卖火勺的地方多数配有铁板烧、生菜、蘑菇、豆皮、鸡排、鸡蛋等，可以夹在火勺里。在延庆，火勺日销量可达二千五百公斤左右，是当地群众不可缺少的食品。2011 年，火勺被评为"延庆十大非物质文化遗产"，还曾以第一名入选第十一届中国美食节暨第九届国际美食博览会。新风大酒店选送的延庆火勺入选"中华名小吃"，还获得过中国餐饮最高奖项——中国美食节"金鼎奖"。

不得不说的，还有那闻名遐迩、誉满京城的柳沟火盆锅豆腐宴。柳沟周边既没有特色山水，也没有内容丰富的娱乐、休闲设施，仅凭着一桌火盆锅，就吸引了众多游客，不得不让人惊奇。

火盆锅极具当地民俗风格。火盆其实曾是用来取暖的。炭火烧得旺旺的火盆上面放着主锅，满满的一锅菜，用白菜叶垫砂锅底，再放层炸豆腐及鲜粉，中间铺上三色豆腐片，最上面均匀地铺上一层自制五花熏肉片，香菜点缀，开锅就能食用。经过高汤和白菜及肉类等混合炖煮，菜香都很入味。豆腐有白、绿、黑三种颜色，吃起来既香又有韧性，特点是以素为主，荤素搭配，油而不腻。三个小砂锅是辅锅，有豆花汤、酸菜及自家冬储的南瓜，完全都是绿色菜品。另外，还有九道配菜，自制的凉菜拌豆腐丝、肉皮冻等。主食有驴打滚、油饼、饺子、馅饼等，花样繁多，色彩斑斓，足够让我们的舌尖翻飞不停了。其中的三个辅锅、三个小碗、六个凉菜，则取三阳开泰、六六大顺之意。

此外，"干饭汤"、甘甜可口的"掐疙瘩"、金黄的"蒸黄"、焦嫩酥脆的"贴饼子"、外焦内软的"傀儡"……延庆的特色小吃真是多得数也数不清，说着、听着，有时候就恨不得马上就去胡吃海塞一番才过瘾。

您说，舌尖上的延庆，我们为此书上一笔也实在不为过吧！作为地地道道的延庆人，我也希望这些延庆特色名小吃走出延庆，走向全国！

发表于 2013 年 4 月 19 日《京郊日报》

北京画廊是我家

　　"百里山水做砚池，挥毫泼墨千年画，一城宁静半城园，推门长城就在屋檐下……"如诗如画，这就是北京画廊京郊延庆，这就是生我养我的美丽家乡。

　　家在山中，自然山美。这里的山有种多姿多彩融合的美。蜿蜒曲折的八达岭长城尽显北方大山的巍峨挺拔，高高耸立、起伏连绵、层峦叠翠，险峰峻岭、星罗棋布、奇绝怪异。古炮、关城、敌楼、墩台……历史建筑让人抚今追昔，顿生沧桑变化之感；望京石、弹琴峡、岔道城、石佛寺……自然景观令人叹为观止，生发诗情画意之慨。玉渡山、龙庆峡尽情演绎南国的俊秀之姿：山、石、林、泉、瀑、花、草一应俱全，春、夏、秋三季花开不断，鸟语花香。茸茸的小草犹如天然的绿色地毯，是一缕最原始的绿色记忆，是一个回归自然最美好的去处，更仿佛是用手徐徐展开的一轴山水长卷，一颗藏于深山的绿色明珠。自然风韵扑面而来，奇山秀景的底蕴溢满南国的柔媚与婉约。那山，天道沧桑、鬼斧神工，似附着了人的感情，有了人的性格和灵性，绿得氤氲，柔得缱绻。鸟瞰林间，青山如黛，真是山峰竞秀林如海，流畅悠扬风如琴！

山中有水，水绕山城。这里的水透露着一股清新的美。单说这一望无垠的玉湖官厅，烟波浩渺，植被茂盛，滩涂纵横。各种鸟儿自由翱翔在广袤的天空中，时而直冲云霄，时而俯视田野。大片的荻花随风摇曳，景色蔚为壮观。远处无数快速旋转的风车，给优美的自然环境增添了些许的动感，让人浮想联翩。"谁信幽燕北，翻如楚越东"的妫水河，足以使你流连忘返。迂回曲折的水流清澈见底，两岸的青山碧树、草滩绿苇，婀娜多姿、婆娑作响，尽得山川风韵；还有那夕照的彩桥、成群的野鸭，一派生机盎然、柔媚迷人。人工喷泉高扬直上、波光潋滟，如同把人带入了一个多维的艺术画面。青翠欲滴、风采旖旎的妫川大地，早已经让人激情荡漾。

山人淳朴，待客热情豪爽。这里的人无不洋溢着朴实无华的美。"来吧来吧到我家，请你到我家……"山里人极其好客，老远就能听见爽朗的招呼声。特色小吃，令人垂涎欲滴的柳沟豆腐宴，外焦里嫩的小火勺……让你瞅一眼，就被勾起食欲，再也顾不了平日里的矜持，欲一品而后快。这里的小城，也让人称道。一行行翠柏垂柳绿意盎然，一个个特色公园绽放异彩，一块块大小绿地花团锦簇，一个个错落湖泊水波荡漾。这里是花草的海洋，这里是人与自然最和谐的天地。四通八达的林荫大道交错穿梭，富有人文特色的建筑点缀其间。走在这宽阔平坦、绿影连连的街道上，那舒畅的感觉真是让人久久难以忘怀。海鸥飞翔，这般祥和；柳条婆娑，那般怡情。何止一个绿色园林城市，简直就是宜居胜地，人间天堂！

古崖居里听故事，野鸭湖上等晚霞，葡萄架下慢生活，窗外康西草原飞骏马⋯⋯北京画廊是我家，我家就在画廊中。情注美丽如画的京郊延庆大地，倚窗欣赏风光各异的山水美景，一番唯美淡雅的情趣悄然荡漾在甜甜的心头⋯⋯

发表于 2013 年 10 月 30 日《京郊日报》

乐在骑行

初秋时节，我添置了一辆山地自行车，加入了骑游行列。看着"爱车"，实在按捺不住内心激动的心情，当天晚上就兴奋地骑上自行车绕着居住的小城兜了小半圈。或许是由于工作忙碌，抑或是身心太过懒惰，已经好久没有出去领略小城美妙的夜景了：路灯柔弱而温馨，鳞次栉比的高楼，被闪烁的灯光点缀，吃罢晚饭三五成群溜达的人们，有时私语，有时驻足……

几乎每个周末，我都会骑着自己的单车，到妫水公园，到古城永宁，到八达岭长城……一边欣赏着如诗如画的秀景，一边亲身感受美丽延庆的缤纷多彩，时而捡一捡五颜六色的树叶，时而看一看满树丰收的果实，时而拍照留念，时而捡拾垃圾。日新月异的新农村让我流连忘返，精神饱满的精气神让我慢慢爱上了骑行，骑行成了我生活中不可或缺的一部分。

渐渐地，骑行便成了我的一种乐趣、一种习惯，仿佛有了一种难以割舍的情结。在路上，看蓝天白云，看花鸟虫鱼，呼一口清新空气，感觉自己就是大地的一草一木，自己如同大自然中的生灵在自由行走。较之平日繁忙的工作与快节奏的城市生活来说，不啻为两个世界、两种天地。难怪骑行在短短几年间就流行开来了呢！

紧张工作了一天，或久坐办公室，或忙于职场应酬，高度紧张的神经需要松弛，压力需要释放。每当不开心的时候，骑上自行车，徜徉在乡村田野、青山绿水之间，感受着那飕飕前进的快感，什么压力都无影无踪，什么烦恼都烟消云散。中国人大都喜欢陶渊明这个人，尽管他没当过大官，更没什么钱，除了一本薄薄的诗集和零星几篇散文外，在文学史上也不曾留下什么了不得的著作，但他的田园诗中所描绘的内容至今仍为人们所向往。"林尽水源，便得一山，山有良田美池桑竹之属，阡陌交通，鸡犬相闻。"在他的传世名作《桃花源记》里，描绘的大自然的田园风光如此之美，让人的心情变得从容淡然。其实，这种将身心融入大自然中的骑行，和陶渊明"采菊东篱下，悠然见南山"的慢生活，着实有异曲同工之妙。

何况，骑行还是一项强身健体磨炼意志的运动。骑友中，有人为减肥而来，有人为健身而来，有人为竞技而来。虽然出发点各异，但经过持之以恒的骑行，大家最终都有了一份属于自己的收获：或收获了健美的身材，或收获了健康的体魄，或收获了高超的车技……正是骑行，让大家更加积极进取，更加充满激情，更加热爱生活，更加珍惜生命。

骑行，是速度与力量完美的结合，是一种风速的享受，让你从心底迸发出一种兴奋与激情。骑在山林间，享受的是天与地的蔚蓝和生机、山与溪的青翠和活力、树木与村庄的茂盛和宁静；骑在古镇里，享受的是历史的凝远和沧桑、新时代的繁华和生气；骑在妫河边，享受的是河水的清新和自然，感受的是奔腾的生命气息。我喜欢这样的骑行生活，因为它让我更加自信与充满活力，让我朝着目标一往无前地前行。

让我们一起骑行，向幸福出发吧！

发表于 2013 年 11 月 4 日《京郊日报》

美丽延庆我的家

　　风吹草绿四季花，彩蝶纷飞百鸟唱。站在巍巍海坨山上俯瞰，天蓝水碧犹如世外桃源；登上蜿蜒曲折的八达岭长城远望，漫山遍野好似层林尽染的一幅天然油画。

　　行走在这里，自己仿佛置身在一个如画如诗的仙境之中，如痴如醉。一丝丝和煦的秋风拂面而来，暖暖的，柔柔的。一个声音在心房里不停地呼唤着：这是哪儿？我在哪儿？睁开迷醉的双眼，顿时哑然一笑：这不是生我养我的家乡延庆吗？

　　挥毫泼墨千年画，一城宁静半城园。家乡之美，美在生态。一条从东向西奔流不息的妫水河，绵延几十华里，滋养着这里的山山水水，尽显妫川丽姿。妫河生态走廊中，花草树木美不胜收。你可以徜徉其间，雅荷园、花博园、树香园、半山湖……足以让你流连忘返，尽情感受四时风光的奇妙。北山古龙绿化带，龙庆峡、应梦寺、松山、古崖居……北国风情尽在你的眼中；还有堪称后起之秀的百里山水画廊、四季花海景观，更是让人耳目一新、赞叹连连！

山清水秀好风光，绿色环保建家园。近十年来，人工造林、飞播造林、封山育林，森林覆盖率、林木绿化率节节攀升，让美丽延庆成了北京名副其实的森林大氧吧；村镇保洁员、公路清扫员、环境监管员、垃圾分类指导员、林地管护员、花草维护员，昔日面朝黄土背朝天的农民已经实现了生态就业。科学发展深入人心，生态优势变为发展优势：世界园艺博览会、世界葡萄大会、中国延庆世界地质公园、中关村延庆园……一件件绿色发展大事正开创延庆发展的新格局。美丽延庆不仅山清水秀，生态经济发展也迈上了快车道。

野鸭湖上等晚霞，葡萄架下品果香。家乡之美，美在生活。清新空气、洁净水源、舒适环境、宜人气候，生活在这样诗画般的天地里，不啻一种美的享受。你可以跨上单车，三五好友骑行在诗意般的花园里，回味生活，畅谈理想；你可以背上挎包，独自或结伴，领略处处皆景的美妙风光，锻炼身体，愉悦心情；你可以租下一分田，播种浇灌，体验农家耕作的别样乐趣，感受亲情，收获快乐……

上谷阪泉炎黄地，人文妫川美名扬。家乡之美，美在人文。这里有帮水峪的美丽传说、盆窑的历史文化、明清岔道古城的遗风旧貌……数不尽的历史人物，说不完的历史故事；这里有淳朴善良的山里人，有蔚然成风的绿色环保车队，有和谐如一家的厚德村庄……山水画廊慢慢成了人文画廊、心灵画廊。乡村整洁、城镇雅致，自信、理性、平和、积极向上的文明心态，已经悄然铸成美丽延庆的人文灵魂。

你想感受塞外小漓江龙庆峡的"南国风光"吗？你想感受长城边上康西草原那骏马飞驰的英姿吗？你想感受凤凰古城柳沟火盆锅的热情吗？你想感受四季如画的千家店百里山水画廊吗？

来吧来吧，请你到我家。这里，山美水美人更美！这里，香浓味浓情更浓！

发表于 2014 年 1 月 15 日《京郊日报》

月季长廊花正艳

　　大概是从五月开始，延庆妫水大街两旁的"月季长廊"进入了花期。艳丽的色彩，淡淡的芳香，争奇斗艳，分外妖娆，成了城区中心地带新增的一道亮丽风景线。

　　置身妫水大街，放眼望去，红的、粉的、白的、黄的……五颜六色的月季花形成一条美丽彩练，给夏日燥热的街道增添了勃勃生机。一辆辆汽车奔跑在宽阔的柏油路上，宛如行驶在一个色彩斑斓的画廊之中。行人们或骑行，或漫步，欣赏着多姿多彩的月季花，时而闻一闻，时而摸一摸，好像一只只蝴蝶在花丛中曼舞。有时候，人们驻足观赏，仔细端详，在月季花丛中，或站、或蹲、或微笑、或凝神，用手机咔嚓咔嚓几下，恣意记录着"月季长廊"美丽怡人的风景。

　　经这条路骑行上下班的我，实在禁不住月季美丽的诱惑，不时加入欣赏月季花的行列中。满眼的月季，高一朵、低一朵、里一朵、外一朵，在微风的吹拂下不停摇曳。清晨的露珠在阳光的映射下熠熠生辉，粒粒晶莹，透着精神，透着灵气。月季花有的含苞欲放，羞羞答答如出水的芙蓉；有的只露出半边脸，犹抱琵琶半遮面；有的尽情绽放，露着笑脸，尽情夸耀自己的甜美动人……那绚丽，那热闹，让你原本沉静的心再也安静不下来，情不自禁地被它吸引，真可谓"车来车往花前过，人见人醉花丛中"。

南宋杨万里诗云："只道花无十日红，此花无日不春风。"这可以说是对月季花最好的阐释。瞧，一朵花未谢，又一朵花已经在枝头吐艳盛放，淡定从容，不改本色。如此长的花期就如同月季的花语——持之以恒，等待希望，美艳常新。月季不与牡丹争春，不与夏荷比美，不与秋菊争雅，不与冬梅斗艳，永远飘逸着清香，淡定从容。尤其是粉红色的月季，粉中透着白，白中透着粉，花色娇艳，浪漫洒脱，妩媚妖娆，摇曳着烂漫的风姿。

听管护月季长廊的园林工人讲，这里的月季叫爬蔓月季，因其枝干修长能够爬蔓而得名。爬蔓月季叶子形似玫瑰，只是略微小了些，枝干长刺，花朵有点像榆叶梅，花瓣很薄，花蕊呈橘黄色。爬蔓月季的花期很长，大半年都能看见它开花。而如此美丽的"月季长廊"，从城南边的迎宾环岛开始，一直绵延到城北边的金隅八达岭温泉度假村，算下来足有四公里长。要维护好这样长的"月季长廊"，种植、浇灌、修剪，春夏秋冬一路走下来可是着实不易，让人从心里感叹园林工人为了营造这份美丽而付出的辛劳。

天边的太阳慢慢西下，红红的晚霞为整个月季长廊镀上了一层金辉。

发表于 2014 年 8 月 13 日《京郊日报》

拾趣佛爷顶

　　早就听人说延庆城东北二十多公里的佛爷顶，植被葱茏、景色优美。在一个雾气微升的晨曦中，我们一家三口驱车直奔佛爷顶，一探究竟。

　　一路欢歌，闺女一边张望着路旁成片的花草树木，一边向我表示对佛爷顶这个名字的不解与好奇。于是，我便当起了义务导游，兴致勃勃地介绍起来。

　　佛爷顶，那是当地的俗名，其实它还有个蛮有文化底蕴的大名儿——缙阳山。史传，这里为古缙云氏所居。缙云，云姓始祖，是黄帝时的古老氏族，此为封地，又名缙云山。正是因为这座山，延庆在古时候也曾被称作"缙山县"。至于佛爷顶名字的来由，乃因山顶曾有缙阳寺而得名。想来，大概缘于寺院供佛，位于山顶，所以才得名佛爷顶吧！

　　转眼间我们来到了山脚下。顺着蜿蜒曲折的山间公路，我们行驶到半山腰的一块空地，将车停放好，整理一下行装，迎着夏日的晨辉，径直向佛爷顶——远处那座突兀巍峨、高耸云端的山峰——进发。

上山的路很好走，一水儿的水泥路，两旁都是绿油油的灌木丛，绿丛中点缀着或黄或紫或红或白的野花。微风徐徐，拂在脸颊，惬意而舒服。我们时而拍下平日难得一见的烂漫山花，时而摆个造型留下自己与山色拥抱的身影。

过了几道弯，忽然不见了高低错落的灌木，映入眼帘的是成片的野生松树林。一株株傲然挺拔的松树，依山坡而生，直冲云霄。远远望去，就像一座座碧绿的宝塔。走近一看，树干有碗口那么粗，树枝一层一层地向四面舒展。生机盎然的松树林，让人顿生一种蓬勃向上的力量，脚下的步伐不再沉重，心气陡然提升了不少。忽然间，一只毛茸茸的小松鼠，从山坡草木中跳跃奔跑出来，转而在树枝间攀爬，即便被我们几位不速之客惊扰，也无所畏惧。或许正是因这个小家伙的出现，累得有些气喘吁吁的闺女顿时来了精神。她时而闻一闻诱人的花香，时而蹦蹦跳跳前行，尽情享受着诱人山景带来的无穷乐趣。

眼看快到山顶，在一个开阔的拐角处，我们不禁停下脚步俯瞰妫川大地：雾气氤氲，错落有致的村庄点缀在延怀河谷两旁，五彩斑斓、生机盎然，酷似一幅多彩的油画，犹如世外桃源。生活在这样一个景色秀丽的家园，真是难得的福气。远处的高楼看起来是那么渺小，刚刚走过的山路也不再像之前那么高不可攀，一道道山谷似乎也变得温情起来，刚才还听到的阵阵松涛声早已经销声匿迹了。陶醉其间，不禁豁然开朗。

天地的造化，成就了佛爷顶钟灵毓秀的无限幽趣，足以让人心灵开阔，烦扰荡然无存。其实，面对偌大的自然界，生活与工作中的个人得失荣辱又算得了什么呢？只要心中有梦，永远都有一股蓬勃向上的无穷力量；只要心中有爱，永远都有一份真情伴随着自己的生活！

"南顾群山，由西揽州原，天清云淡，风静烟空，则双眸悠远，神沉欲仙矣。"今日拾趣佛爷顶，诗意无穷，情意无穷，乐意亦无穷！

发表于 2014 年 8 月 27 日《京郊日报》

野趣童年

　　有人说童年充满了纯真，也有人说童年溢满了朴实，说起我的童年来，脑海里却浮现这样的字眼——野趣。回想起曾经在小河边网鱼、野地里捉蚂蚱、树林里捕蝉……一幕幕，就好像幻灯片似的在我眼前放映着，一股久违的暖暖情愫悄然爬上心头。

　　记忆中，家乡的小河弯弯曲曲，清澈见底。那时候的作业很少，用不了多大会儿就能做完，不像现在的孩子，总有写不完的作业。夏日时光，天黑得晚。每天下午放学回家，眼看时间还早得很，就悄悄约上三五个小伙伴儿，趁着父母没从田地里收工回家，我们有的拿个蛇皮袋子，有的还拿个废旧竹篓，有的拿了捞饭的笊篱，叮叮当当地直奔村边不远的小河沟，开始了快乐的网鱼活动。拿现在的话来说，也算是课外实践。

　　我们找好一个不深不浅的小河汊，里面小鱼还真不少。我们激动地挽起袖子和裤腿，脱掉鞋子，有的找来石块，在水浅处拦起一道"水墙"来；有的用枯树枝挖一些土，双手捧着盖住石块，不一会儿就垒起来一个小"水坝"。然后，有的小伙伴儿张开蛇皮袋子或竹篓拦在坝口，有的小伙伴儿在坝口的上游用小木棍敲打着、喊叫着。河沟里的小鱼受到惊吓，如同梭子一样，直游进我们早已布置好的"天罗地网"。等到不知所措的鱼儿差不多都游进了袋口，赶紧提起袋子或竹篓。哗哗的水流出去后，就见活蹦乱跳的小鱼在袋子里、竹篓里不停地上下翻滚着，足足好几十条，大小不一，颜色各异。我们最喜欢的就是当地人称其为"五彩鱼"的小鱼了，浑身颜色大概有五种，把它们装进透明玻璃瓶里，看它们游来游去地泛着多彩光色，好看极了！其他小鱼，有的放生了，有的就拿回去喂鸡鸭鹅，算给它们改善了一次伙食。

有时候，我们也到村边不远的山坡下玩耍，爬树乘凉。在斑驳的树影下，轻柔的风儿吹拂在脸上，妙不可言，相对于在烈日炎炎之下，就好似享受到贵宾般的礼遇，这是一股自然的凉意，沁人心脾。等舒服够了，就跳下树，在草丛里捉蚂蚱，大大小小，黄黄绿绿，带翅膀的，没带翅膀的，一会儿就弄满一瓶子。如果谁没带家什，随手找几根狗尾草，顺着蚂蚱的脖颈，一个个穿起来，大串小串的，收获着实不小。有的小伙伴儿循着蝉的叫声，在树叶间找寻蝉的踪迹，一旦找到了，就大呼小叫地召集大家来观看，胖胖的、绿绿的蝉，透明的羽翅显得那么高雅富态。直至大家玩累了，眼看着夕阳西下，才恋恋不舍，披着缕缕晚霞，各回各家。临了还忘不了，约好下一次在哪儿集合、去哪儿玩。

童年的那份野趣，也许时下的孩子怎么也感受不到，更无法理解我们那时候的穷欢乐，毕竟这时候的孩子有那么多的玩具可以玩，有那么多精彩的动画片可以看。可我们当时那份简单的快乐，永远荡漾在心田里。品味起来，如久泡的花茶，如真正的好友，如陈年的老酒，历久而弥香！

发表于 2014 年 9 月 1 日《京郊日报》

花香漫沟域

近年来，延庆东部山区悄然兴起的"四季花海"沟域景观已是远近闻名，受到京城内外花卉爱好者的青睐。中秋小长假的第一天，我同朋友一起驱车向"四季花海"进发。

初秋的微风，凉爽而通透，两旁树木亭亭玉立，树叶声似乎是在鼓掌欢迎远方客人的到来。不一会儿，我们就到了此行的第一站——百香园。

百香园位于刘斌堡乡，是"四季花海"沟域景观的起始地。在公路左边，我们一眼就看到了"花海·画廊"四个大字被五颜六色的花儿簇拥着，显得那么精神大气。穿乡而过的延琉路两侧绿化带上，还种植上油葵、万寿菊、油菜等十余种观赏植物，好像五色地毯，引领着我们踏进占地八百亩的百香园。一片片万寿菊、茶菊、马鞭草以及各种宿根花卉竞相开放，空气中到处弥散着花儿的清香，偶尔看到人们租上一辆多人骑行的游览脚踏车，畅游在花的世界、花的海洋中。看吧，有人着一身酷衣装，疾行在画廊中，恣意而潇洒。我想，即便再高明的摄影师，似乎也无法用自己的镜头来表现骑行在最美乡村公路上的全部感受吧。

不一会儿，我们到了此行的第二站——四季花海的"生态乐谷"。两旁的山坡上，似梯田般种着或红、或紫、或粉、或黄的花儿，有串红、薰衣草、百合、秋菊等，驻足其间的人们早已按捺不住激动的心情，不时与花儿留影，与花儿亲密接触！

驱车继续前行，来到了此行的第三站——"珠泉喷玉"主题公园。孔雀草、小丽花、香雪球等十余个花卉品种，傲然绽放，暗香浮动，可谓美不胜收。位于菜食河畔的珍珠泉水，更是吸引了游人的目光。史载，"珠泉喷玉"在明清时期曾是"延庆八景"之一。据传，明永乐皇帝北征时，曾饮此泉水并赐名"珠泉喷玉"。仔细一瞧，泉水中间竟有几簇汩汩的气泡不断涌出，形状与断了线的珍珠无异。假如此时有人高声呼喊，"珍珠"翻涌的速度会明显加快。

花香漫沟域，休闲在延庆。昔日的穷山沟变成了美丽的大花园，真可谓一路花海、一路风光。

发表于 2014 年 9 月 12 日《京郊日报》

妫水晨曲

　　一觉醒来，不经意间从窗口望去，窗外的树木、房屋被一团团白茫茫的雾气萦绕着。顿时，让我有了一股想即刻出门看看的欲望，好似时下流行的"说走就走的旅行"一样，简单洗漱一番，我直奔不远处的妫水河畔。

　　河面很平静，平静得让你几乎察觉不到水还在微微流动着。从水面飘起的一缕缕薄雾，犹如仙气一般，有的径直升腾而去，有的慢慢向四周扩散，渐渐融入水天一色的空气之中。在河岸两旁，郁郁葱葱的杨柳也比往常显得湿润了许多，愈加青翠欲滴，令人神清气爽。若以岸为轴，水面下形成的树影轮廓清晰可见。偶尔徐徐清风掠过，水下的树影也好似有了灵气，开始随风浮动，弯曲的河岸悄然有了动感，好似随着微风起舞弄姿，尽显风韵。

　　在不远处的水中央，有一个人工修建的小岛，一丛丛芦苇与水草葳蕤繁茂。风吹芦苇，婆娑摇曳，水草依依，随风飘动，欢快的鱼儿在荷花间自由嬉戏，清脆的鸟鸣从苇丛中阵阵传出。在

48

岛边水草中间有一条小船，蓝色的船桨清晰可见，让人不觉联想：若是划动着一叶小舟，唱起动听的歌谣，徜徉在波光粼粼的妫水河中，该是一件多么怡人的事情啊！

忽然，不知道从哪片草丛中飞出一只水鸟，犹如一道弧线，轻轻掠过眼前的水面，泛起如花般的涟漪，然后它如矫健的运动员一般，沿着水面渐渐飞向远处，消失在了蒙蒙雾气之中。心中暗想，难道是我不小心打搅了鸟儿的好梦，惊扰了在这里栖息生活的它？愧疚之感掠过我心头，我不自觉地悄然走向岸边的宝塔。

足足有九层之高的宝塔，好似妫水河边的一颗明珠，雄伟壮观地矗立在眼前。耳边不时传来阵阵轻柔的旋律，上前几步，原来是几个晨练的老人正在宝塔对面宽阔的空地上悠闲地打太极，一招一式，有板有眼。飘逸的白色衣衫与古色古香的宝塔，让人感受到了一股通灵剔透的毓秀之气。想来，人间仙境也不过如此吧！

妫水的早晨，如神话般的意境，似一曲天籁之音，久久萦绕在湿润的耳畔，微微荡漾，沁人心脾……

发表于 2014 年 10 月 20 日《京郊日报》

稻香浓浓

　　"随着稻香，河流继续奔跑，微微笑，小时候的梦我知道，不要哭，让萤火虫带着你逃跑，乡间的歌谣，永远的依靠……"一边骑行在乡间的林荫小道上，一边聆听着动听的歌声，我立刻有种想寻找稻田的冲动。可是，现如今哪还有稻田呢？这些年，地下水水位越来越低，曾经遍布山村野地里的泉水早已消失，就连溪流也时有时无，甭说用水较多的水稻了，就是种大田，灌溉都成了一个不小的问题。

　　出了城，顺着名为西丁路的一条公路骑行，当行至丁家堡村的时候，眼前一片片随风摇曳的水稻，顿时映入了我的眼帘。太意外了，现在还能看到这么大一块水稻田！我刚才还略带遗憾的心情，如过山车般猛然来了一个大转弯。我兴奋得不由自主地快速蹬了几下脚踏板，心里只有一个念头，让我好好近距离地看看这难得一见的稻田。

　　金色的稻子，沉甸甸的稻穗，在柔和的秋风下，泛起一道道金色的光芒，一股浓浓的稻香徐徐而来，混杂着清新的泥土气息。深深地吸上一口，顿觉神清气爽，心无旁骛。不远处，几名村民正挥舞着镰刀，忙碌的身影与金灿灿的稻田相得益彰，在我的眼里形成了一幅油画般的秋收图。我立马从口袋里取出手机，咔嚓咔嚓连拍了几张只有儿时才见过的劳动场景。正在收割的老大爷回头看了看，点起一支烟，坐在捆好的稻堆上小憩。趁着这当口儿，我和老大爷搭讪起来。原来，这里几十亩的稻田已经是当地仅有的一块稻田了，也是延庆区唯一受到保护允许种植的稻田。怪不得这些年自己从没见过稻田呢。

满脸皱纹的老大爷，慈祥得就像我逝去的父亲。我斗胆提出了想体验一下收割的想法。没承想，老大爷竟然爽快地答应了。我赶紧抄起镰刀，抓起一把把水稻，水稻不一会儿就堆成了一小捆。稍微伸了下略微酸疼的腰，看了一眼自己的劳动成果，再看看远处成片的稻田，我越发觉得父辈们劳作的不易。弥漫芬芳稻香的风景，或许在老一辈的眼里，不仅是一种收获的快乐，更是一种无法推脱的责任，一种难以言表的幸福。

田间的稻子，舞碎了我眼中清晰的影子；浓浓的稻香，饱含着父辈们昔日的汗水。

发表于 2014 年 11 月 5 日《京郊日报》

51

印象柳沟

一

从延庆城驱车大约十公里，便来到历史悠久、远近闻名的柳沟村。明朝时期，柳沟城作为居庸关的一个重要门户，担负着十三陵的防务重任。清光绪《延庆州志》记载：柳沟城"嘉靖中筑南山一带土城……置城于此，设兵驻守"。

现在到村里转转，还可以感受到这座古城曾经的历史和远离都市的乡野气息。时至今日，柳沟仍然保留着城墙、城门、古庙等遗迹。原来村里曾建过十八座古庙，现在仅存的只有城隍庙的三间正殿，还是由于当年作为学生教室才保留下来。传说古城完整时，站在村外山上俯瞰，形似一只蓄势待发、时刻准备展翅翱翔的凤凰，因此，古时柳沟又称"凤凰城"。现残存城址在《宣镇图说》有记："隆庆元年建城，周三百一十八丈，高三丈五尺，门四。万历二十四年复增北关，周一百八十五步，高二丈五尺。

四十三年砖甃。"

村子规模不小，村里的一些断壁残垣，不免让人想起一些古老往事。据说，柳沟古时三面环山，柳树遍野，土地被下泄的洪水冲刷成道道沟壑，故而得名。不过，村名虽然叫柳沟，但现在村里最常见的并不是柳树，而是国槐。最古老的要数村中心地带那棵有数百年历史的"平安树"，有五丈高，树身要三个成年人才能合抱。炎热的夏天，枝叶繁茂的大树底下是村民们避暑纳凉的好去处。

二

走近柳沟村北口，一块大石头上，镌刻着清初著名词人纳兰性德在康熙二十一年撰写的《南乡子·柳沟晓发》："何处淬吴钩，一片城荒枕碧流。曾是当年龙战地，飕飕，塞草霜风满地秋。霸业等闲休，跃马横戈总白头。莫把韶华轻换了，封侯，多少英雄只废丘。"细细品味，前景后情抒发了世事无常、兴亡无据、古今同梦的感慨，大有苏东坡"大江东去浪淘尽，千古风流人物"的豪放情怀。

顺着村道前行，先见北门，有一石匾，无字，大概没有资料记载。门为何名，也都留白，成了缺失的历史。近年修葺，特意仿建了瓮城。走进瓮城，外面阳光灿烂，内里森然肃穆，遥想当年，城门紧闭，四面高墙，重兵把守，岂不是固若金汤？

城门建起平台，登临而上，城的全貌呈现眼前，城狭长，横于南山前。城的方位没有顺南山走势，而是南北走向。南望，几里之外便是山脚，呈三面环山的特殊地势。东面峰高，为南山主脉，山上隐约能够看到一道土边长城。山间有条羊肠小道，可通向明陵地。北望，一片沃野，远处西北有巍巍海坨山，东北有形状独特的缙阳山。城前，一路向北，树木排排，田地垄垄。地下皆为黄土，古时候筑城就地取材，所以城外地势低洼，可以很好地排除城内雨水。

城门东西两侧还有土墙，远远望去能看到两边的城角。东边的城墙相对完整，约有四五米高，顶部稍窄，尚可走人。于是走下城门，在城墙上略行几步，土墙高高低低，荆棘野草遍布。回想金戈铁马，城内城外，一攻一守，城外平地排兵布阵、相互角力厮杀的情景早已逝去，只留下了古朴沧桑的城池，让人悠然回味。

三

近年来，靠着"火盆锅·豆腐宴"，柳沟村声名大噪，香飘京城。

来到柳沟，逛逛街道、胡同，青砖灰瓦的庭院尽显浓郁民俗风情。村中有一口老井，看木牌上的介绍，底层的井壁是盘木铺就的，故名"盘木井"。从这口井里打上来的水甘甜清洌，用它点的豆腐特别鲜嫩，表面还会渗出黄色油状物，于是，老井和柳沟豆腐就成为了一种传奇。

隆冬时节，窗外雪花飘飘，室内火盆正旺，吃饭时把砂锅往火盆上一搁，什么白菜、豆腐、粉条、五花熏肉等都放在锅里一炖，荤素搭配，油而不腻，始终热乎不说，吃起来味道醇厚、香味怡人。由此，火盆锅便成为一种特别的烹制方式流传开来。

现在，城里人为了一品火盆锅的美味，常常慕名而来。村里的民俗户忙得不亦乐乎，最火的时候一天一万多人，年接待游客七十万人次。柳沟，接待过韩国、美国、日本、澳大利亚等国的游客数千人，清华大学研究生还在这里办过特色婚宴。红红火火的豆腐宴带出了产业链，豆腐坊、柴鸡养殖、水果种植、杂粮种植等专业户应运而生，带火了村内经济，鼓起了农民腰包，不起眼的"火盆锅"变成人见人爱的"聚宝盆"！

如果你来到柳沟，走进村里新建的豆腐博物馆，细细领略豆腐文化，定会深深折服。继而，温上一壶烧酒，就着热气腾腾的三色豆腐，小酌几杯，把酒言欢，那更是别有一番情调在心头了。

人醉了，醉在醇香的柳沟。

发表于 2014 年 11 月 26 日《京郊日报》

冬韵如歌

一不留神，就又感受到了冬天的别样气韵。

迎面而来的寒风，让人不禁打了个冷战，冻得发红的脸颊感觉生冷、麻木、僵硬。走在上班路上，就连呼吸的空气也如云雾一般。很多树木已经枝叶脱落，仅剩下的几片焦黄发黑的叶子，好像仍然依依不舍，正在用尽全身力气与风搏斗，想尽力在母亲怀抱中多待一会儿。一阵狂风袭来，叶子再也没了撕扯的力气，恋恋不舍地随风而下，飘飘悠悠，时而俯冲，时而昂扬，最终无声无息地亲吻着大地。光秃秃的树，在经历了喧闹与浮躁之后，繁华落尽，装饰尽除，越发显得真实。

我所居住的小城，天虽然冷了些，风景不比春天的烂漫，不比夏天的激情，也不比秋天的丰厚，却也别有一番宁静淡泊的味道。纵横的枝杈上点缀着粒粒斑红，红得别致，红得耀眼，给素冷冬日平添了几分喜气。

小城入冬后无雪。没能看到雪花漫天飞舞，成了一种遗憾。

不过，滑雪场上激扬的场景，却也让不少爱好冰雪运动的人感受到了冬日情趣。于我来说，大多数的时候比较喜欢清静。下雪时，别人热衷堆雪人打雪仗，我却尤爱独自漫步在冰天雪地的田野树林间，仰望湛蓝天空，呼吸清新的空气，感受冬雪皑皑的景象，想想生活中的喜怒哀乐，想想未来的日子，期冀着，幻想着，憧憬着，勾勒着属于自己的美丽如画的多彩世界。

想起儿时的冬天，自己踏着没膝的大雪走在乡野路上，戴着羊绒帽、母亲亲手织的毛线手套，捧起晶莹剔透的白雪。雪的清凉顿时溢遍了全身，忽而撒向空中，暖阳的直射下瞬间出现了五彩斑斓如彩虹般的绮丽景观。我们叫喊着，呼喊着，恣意而疯狂。更令人难忘的是，村边一块废弃的宽敞地，由于周围人家日复一日地泼水，竟然形成了一个小型溜冰场，成了我们打发冬闲时光的一个绝佳去处。用几块木板、几根钢筋或者粗铁丝，叮叮当当做成一个简易的冰车。放学后、寒假时的美好时光就这样一溜而过，至今都难以忘怀。那时的冬天，丝毫没有半分的烦恼与忧愁，只有数不清的快乐与欢笑。

静静的冬日默默无声，回到母亲的老屋与母亲闲聊。窗外寒风凛冽，屋内暖意浓浓。就连玻璃上的冰花，也着实让闺女好不惊讶：冰花冰得晶莹剔透，简直就是一幅幅美丽绝伦的图画，或山水，或花鸟，或人物，越看越觉得巧夺天工，不可思议；越看越觉得惟妙惟肖，不同凡响。我们好不容易抽身回趟家，母亲喜不自胜，忙里忙外张罗，身为子女的我们心里很不是滋味。面对母亲一如既往的呵护，内心泛起的波澜涌遍全身：闲暇的冬日，母亲对子女的惦念是多么炽烈啊！正是有了亲情的抚慰，冬日里无形中平添了一份人间温情。

　　无论星辰交替，昼夜更换，抑或花谢花开，树长叶落，宁静、淡泊、温馨的冬日，永远深藏在自己的心中：原来你的人生并不单调，原来你的心境完全不必浮躁，原来你的世界依然可以充满阳光。

　　冬韵如歌。慢慢地伸一个懒腰吧，来年会更加精彩！

　　　　　　　　　　　发表于 2014 年 12 月 5 日《京郊日报》

踏雪"箭扣"

今年的雪似乎比往年来得晚了些，不过，令人欣慰的是，一下子就悄然连续下了两场小雪。为了去看看山里难得一见的雪景，几名好友电话相约：何不去箭扣残长城踏雪一游？说去就去，星期六，我们一行九个人踏上了"箭扣"之旅。

顶着星星，迎着凉飕飕的寒风，大约一个小时的车程，我们就来到了这次踏雪之旅的第一站——四海镇的九孔楼。简单地收拾一下行装，我们就循着弯曲不平的石子路，踩着还没有融化的积雪，嘎吱嘎吱地行进在白茫茫的山路之上。看着漫山的松树、灌木、乔木林，呼吸着山间的清新空气，神清气爽。好舒服啊！此时此刻，或许我只能用这样直白的话语来形容当时那种怡然自得的心情了。

转眼间，我们就到了九孔楼。原来，九孔楼就是一个四面都有九个孔的城楼，经过岁月与风吹雨打的不断侵蚀，城楼有的一面已经剩下四五个孔了。不过，透过残缺的城墙与斑斑驳驳的痕

迹，依稀能够让人想象到当时的威武与辉煌。这里海拔达 1193
米，是附近所有山的最高峰，登顶眺望，方圆几十里的景色尽收
眼底，怪不得古人会在这里设置这么一个九孔楼呢！

稍事休息，顺着残长城的遗迹，我们开始向"箭扣"进发。
这一段路，很不好走，不是乱石块就是很滑的陡坡，本来宽宽的
长城，有的地方已经被销蚀得成了一条窄窄的崎岖小路了。走到
一个城楼上，趁着喘气的机会，我欣喜地看到远方蜿蜒曲折的
"箭扣"残长城，依然显现了长城那种雄浑的美，尤其是在雪色
的映衬下，此起彼伏的"箭扣"长城更是别有一番壮观的味道！
巨大的"鹰飞倒仰"①，更是给人一种神奇的遐想！

穿过一段段满布荆棘的长城，就走到了坡度几乎有七八十度
的一段长城，这可是此次攀登"箭扣"长城最难走的路了。别说
有什么台阶了，就连可以踩的石块也不多见。可以说，这样的攀
登才让人真的感受到了什么叫"爬"长城。在这里，两只脚已经明
显感觉不够用了，得两手扒拉，战战兢兢，着实让人觉得刺激！

虽说路很不好走，但我们大家相互鼓励、相互照顾，一路上
说说笑笑，倒不觉得很累。是啊！远离了城市的喧嚣，暂别了工
作的压力，开阔一下胸怀，真的不啻一件有利身心的好事啊！不
知不觉，我们已经爬到了被人称为"北京结"的城楼，这里是长
城的一个交汇处：往西直奔要塞八达岭，往东可达慕田峪，这就
是"北京结"称呼的由来吧！又走过一段路，我们终于来到了心
仪已久的"箭扣"残长城：白雪皑皑的"箭扣"，果然非同凡响，

---

①　"鹰飞倒仰"是"箭扣"长城的一处景观，以具陡峭险峻而闻名。

越发显示出别样的神奇！站在"箭扣"长城之上，那种征服自然的成就感，让我自豪，让我由衷感受到了人的潜力，感受到了"坚持到底就是胜利"这句话的真谛！

短暂的午餐之后，我们顺原路返回，到九孔楼的山脚下时已经是下午四点钟了，虽然有些疲惫，但是累并快乐着！我想，有机会我还会再登"箭扣"长城的。因为，那不只是简单的登长城，而是对耐力的挑战，更是净化灵魂的"心的旅行"！

踏雪"箭扣"，其乐融融；"箭扣"之旅，其情陶陶！

发表于 2014 年 12 月 31 日《语文导报》

冬日旧痕

温上一壶烧酒，盘腿坐在自家的火炕上，一边小酌，一边闲聊，记忆的思绪不由分说就将自己悄然拽回了从前……

记忆中，一到冬天，家家户户都得储备大白菜。因此，每年那个时候，村里的小广场都会来好几辆外村的大车，装满了绿油油的大白菜，喇叭不停地吆喝着村民来买。我就推着自家的手推车，跟着母亲往家里运菜。卖菜的人把一棵棵大白菜放在一块长方形的木板上，平整地码好，用平板秤一称，足有好几百斤重，然后把称好的大白菜放在地上堆成一小堆。我和母亲再把一颗颗的大白菜依次码好在小车上，然后用绳子前后一捆，晃晃悠悠就推回了家，放在自家院子的阴凉处晒一晒。据说，这样储存起来就不易烂。要知道，这些大白菜可是我们一家冬天的主菜啊！不像现在，到超市一逛，可吃可买的蔬菜品种让你挑花了眼。那时候，大白菜可是老百姓的当家菜，炖、炒、腌、拌，全都是它。每当家里来客人或者遇到大节小庆啥的，母亲就会煎上几块五花肉，切点土豆、萝卜块，加点粉条子，那可就算得上当时的"大菜"了。热腾腾的香气，往往让我这样的"馋嘴猫"迫不及待，一不小心就烫了嘴，直直地晃着脑袋哇哇乱叫，心里却是乐开了花。母亲一边嗔怪，一边心疼得直说："又没谁和你抢，咋恁着急啊！赶快喝点水润润！"每当这个时候，我就像一只受伤的淘气小羊，享受着母亲溢满浓浓爱意的抚慰，心里美滋滋的。

乡下的冬天，没有暖气，只有一个土炉子，每天需要烧不少的煤块。我那时候半大不小的年龄，做完作业或者星期天的时候，就帮着家里摊煤块，算是家务劳动了。先把煤堆里的硬煤炭捡出来放在一旁，然后用铁锹铲上几锹黄土，大概按照一比三的比例，再铲上几锹煤面儿，上下翻几遍，直到掺和得匀了，再从中间豁出一个圆形的洞来，放入几勺水，直到水渗得差不多了，再三下五除二地上下快速翻腾着。有时候水放多了，就再添些煤土，有时候还需要再加点水，直到感觉不软不硬了，就放在一块硬地上摊平，再用铁锹划成一个个小格子，等几天后晾干了，再拾到煤筐里，就可以给土炉子用了。这活儿说起来挺容易的，其实要是从头到尾干完，还真气喘吁吁的，胳膊、腰、手啊，还酸疼酸疼的呢！不过，那时候小，累点儿，睡一觉，第二天就啥事儿都没有了。倒是觉得自己也能帮助大人们干点活儿，挺有成就感的，尤其是母亲再夸上我几句，弄点好吃的，就更能乐滋滋地兴奋好半天。

其实，不止这些，冬天没事儿的时候，左邻右舍吆喝上几个小伙伴儿，或去冰场溜冰，或找个地方一起"跳格子"，或丢沙包，或去野地里追兔子……爽朗的笑声越飘越远，整个素寂的冬天，也似乎热闹起来，多了些许激情，少了几分冷漠。

　　我时常怀念儿时的冬天，那定格于心中的深深记忆，于我来说，永远是镌刻在沧桑年轮上粗粗深深、浓浓淡淡的印痕，抹不去、挥不掉……

发表于 2015 年 1 月 21 日《京郊日报》

飞雪迎春

盼望着，盼望着，今年的第一场雪终于来了！

硕大的雪花漫天飞舞，姗姗来迟的春雪，打在树枝上，浸润着泛出绿意的苞芽，顿时，干燥的外皮悄然湿润，似乎未出满月的婴儿，尽情吮吸着早春的甘露。雪花刚刚落地，随即融化，草地上、路面上，一会儿就已经潮乎乎的了。忽然想起了一句经典的农谚来：打春的雪兔子撵不上。说的应该就是现在的情景了。就连平日里那让人不太舒服的雾霾空气，也变得清爽起来，轻轻吸上一口，丝丝凉意透着春日的泥土气息，让我如醉如痴，有种吟诗的冲动！搜肠刮肚，竟然想不出一个合适的词形容，无助的我只能在空旷的原野上，忽而踩着薄薄的积雪，狂奔呼喊，忽而静下来闭上眼睛，张开双臂，拥抱着，享受着。

放眼望去，不远处海坨山顶已然白雪皑皑，先前单调的沟壑山峰，骤然清朗了起来，周围泛白的云雾，亦雪亦雨，天幕越发深邃而清新。收住目光，不远处的田野里，点缀着三三两两的人影。细细一看，原来附近村里的人们已经开始了新一年的劳作，有人用手中的耙子清理着地里的杂草枯枝，一会儿就堆出了座座小山。春寒料峭，雨雪不大，久未干过农活儿的我，忆起了昔日跟随父母在田间劳作的日子。劳动创造了一切。或许平日里显得生硬的道理，只有在这样的情境下，你才会对其有不同寻常的深切理解与感悟。正所谓，一年之计在于春，一日之计在于晨。勤劳朴实的百姓，一定会有喜悦充盈的收获。

常听老一辈人讲：春雨贵如油。小时候不怎么懂得，不就是一场雨吗，怎么会比油还金贵？如今，想想持续的干燥天气，这场春雪来得太及时、太宝贵了。有了这难得的春雪，咱百姓赖以生存的土地就有了更好的墒情，耕地、播种也就有了好底子。谚语云：瑞雪兆丰年。难怪人们这么看重春雪，这么欢迎春雪呢！

发表于 2015 年 3 月 1 日《京郊日报》

慈母川

　　站在村口望去，一座硕大的"慈孝"雕塑立在眼前，近前细致端详，只见雕塑是栩栩如生的慈母和孝子，相依相偎，好像是母亲在给孩子讲着动听的故事，抑或是孩子在认真聆听母亲的谆谆教诲。雕塑下面刻有《慈母川赋》的碑文，记载着村史和村名的来历，村口一巨石上还书写着"孝行天下"四个大字。再往里走，街巷两边的墙上还刻有"二十四孝"的浮雕……

　　这就是"北京最美乡村"——延庆区大庄科乡慈母川村。我们到村里的时候，村旁的古戏台正热闹非凡，恰巧村里的首届"慈孝文化节"正在如火如荼进行着。台上，丰富多彩的有关慈孝的节目让人受益匪浅；台下，巾帼志愿服务队的成员有的在给老人理发，有的给老人讲解健康知识，有的给老人捏饺子……此情此景，真的就像一个其乐融融的大家庭，亲情四溢，让人心里感到一阵阵暖流在不停地翻滚着。

　　慈母川村位于延庆城东南约四十公里，全村人口不到四百人，其中满族人口占六成以上，是北京市一百一十五个少数民族村之一。慈母川村原隶属于昌平，二十世纪四十年代划归延庆管辖。根据《光绪昌平州志》记载，该村原名为"茨梅川"，东临大沙岭，因该地多生长蒺藜而得名。

相传，"八仙"之一的汉钟离就出生在这里。有一年，汉钟离下定决心前往当地名山——莲花山出家修道，在村口向老母亲告别辞行，他每走一步，母亲就往前送一步，一步一送，依依不舍，母亲心里难受得就像刀剜似的，一方面不愿意儿子远走他乡，一方面又怕强制拦阻儿子修行学道而影响了他的前程。汉钟离知道母亲心里舍不得自己走，只好狠下心来，大步流星径直走出山川，等走到山梁上往回一望，母亲依然在村边不停地向他挥着手。这一走，就是好些年，等到他学道有成回到家中，老母早已故去。汉钟离深深思念着母亲，在母亲的坟前久久拜谢母亲的养育之恩而不肯离去，此举感动了佛祖，佛祖让他成仙，和其他七位道友一起，八仙过海普度众生。后来村民为了纪念汉钟离，就把他们母子分别的地方取名"辞母川"，后来又逐渐演化为现在的名称"慈母川"。在这里，望母松、回头梁、泣母沟……慈母川村的一草一木、一山一水，似乎都在向人们述说着这个古老而动人的传说。据说，汉钟离辞家前夜正是腊月初七，母亲为了给他做最后一顿饭，半夜起床，将家里所有的豆子等杂粮放在一口锅里熬煮，焖到天亮，叫醒汉钟离时，粥还是温热的。第二天已经是腊月初八了，因此这粥就得名"腊八粥"。一直到现在，在每年的腊八这一天，村民们还会按照老习俗在半夜用柴锅熬一锅腊八粥，来纪念他们母子。

现在，慈母川村基于"钟离故居""钟离辞母"等，大力开发"慈孝文化"的旅游资源，着力挖掘特色民俗文化，成了远近闻名的"慈孝"文化名村。几百口村民亲如一家，涌现出了很多敬老爱小的感人事迹：石建华无微不至地照顾八十多岁瘫痪在床的公公、谢惠荣精心照料患癌的丈夫而让丈夫比医生断言的时间多活了两年……慈母川朴实的村民们，不断演绎着母慈子孝的动人篇章。

　　漫步在石板铺就的慈孝文化街道，徜徉于供奉着汉钟离及其母亲的慈孝堂，我们在这儿感受着古风古韵的乡贤文化，欣赏着静谧优美的山间小村，似乎乡情乡愁离我们越来越近了。俗话说，百善孝为先。感悟人生，感悟孝文化，让我们与慈母川的人们一起，铭记恩情、宽容谦恭，用智慧点亮人生，用行动孝行天下……

发表于 2015 年 11 月 2 日《京郊日报》

小城雪韵

不知是不是因为北京申办冬奥成功了，也不知是不是由于海坨山被选为高山滑雪项目的场地，反正不管是什么原因，海坨山脚下我居住的这座小城，竟然接连下起了漫天飞舞的大雪。

小雪时节大雪飘。这场景，这节气，可真是难得一遇。

也许，是对着电脑"码字"时间久了，心里感觉有点烦躁，有点腰酸背痛，不觉地转过身去，惊诧于窗外的雪花洋洋洒洒顺风而落，天地间早已变成了雪白一片。用什么辞藻来形容此情此景呢？搜肠刮肚，脑海里涌现出的是：北国风光，千里冰封，万里雪飘……山舞银蛇，原驰蜡象……江山如此多娇。好像在这壮观的自然美景面前，我的脑袋顿时成了空白，或许是太激动了吧！也或许，再美的词汇也不足以用来表现这天地造化的盛景。

记得以前在村里居住的时候，几乎每年冬天都会下雪，司空见惯了。反正那时候还小，每逢下雪，打雪仗、堆雪人，那是自然而然的事儿。有时候会扫出一块雪地，上面支个竹篓，下面撒一些杂粮，运气好的话，捉上几只小鸟打打牙祭，那也没什么值得惊讶的。现在，可不能这样了，大家非常注意保护生态环境了，保护鸟类也是其中的一个重要方面。以前捉鸟的场景，似乎只能留在儿时的记忆里了。

看着出神无语的故作凝思状的我，刚刚写完作业的闺女跑了过来。"爸爸，要不咱们出去玩会儿吧！你看，雪花飞舞得多漂亮啊！"也是，很久没和闺女一起出去疯、出去玩了。趁着这难得的美景，何不去恣意地放松一下。

说走就走，我们踩着厚厚的白雪，听着脚下雪发出的咯吱咯吱声，就来到了附近的妫水公园。真是"莫道君行早，更有早来人"。从路上一串串脚印就能看出，早就有人来拥抱雪景了。在高高耸立的宝塔下，有人拿着相机、手机，咔嚓咔嚓记录着亮丽的雪景，有人在雪地里跑来跑去，尽情享受着雪带来的情趣，而我喜欢静静地欣赏，尤其是周围一草一木、房屋楼舍的奇妙变化，都让我有一种久违的情愫。

是啊！周围到处都铺满了雪，银装素裹，美妙极了。让人新奇的是，一种不知道叫什么名字的树的枝条上，叶子早就落尽了，只留下一串串红彤彤的果实，圆圆的，很是饱满。上面落上了几片雪花，红白对照，煞是显眼，在这茫茫天际间，让人油然而生一种暖暖的感觉。

顺着台阶，登上了附近的小土山。山是人造的，不高。走上去却也能够将附近的景色尽收眼底。我所居住的小城不大，一条妫水河从城市中间自东向西流淌而过，将小城一分为二。环顾张望，三面环山的小城在白雪的映衬下，较之以往更显静谧、素雅。雪花飘落下来，万物也好像珠圆玉润了许多，变得温婉而动人。雪中的油松萌发出绿油油的生机，未落的红叶展露着娇颜，真是美不胜收啊！我心想，难怪冬奥要在这里举办，如此盛美的雪景或许在京城周边不多见吧！

闺女哪管我这许多，抓起一把雪就朝我扔了过来，不偏不歪，正好落在我的头上，一股清凉顺着头发漫溢而下，我不由地摇了摇头，逗得孩子哈哈大笑。她这么高兴，简直就像我小时候的样子。转念一想，几十年的风风雨雨一晃而过，原来，最经不起岁月打磨的，就是日复一日的生活。春夏秋冬，来来往往，看似不变的场景，其实，早就在时间这位老人的敲打下，悄然发生了质的变化。

不管怎样，咱小城的雪韵，的确别有一番味道。当然，展望未来的日子，谁能说我们的生活不会变得更加有味道呢？

发表于 2015 年 12 月 14 日《京郊日报》

行走山间唤乡愁

三五好友在微信里嚷嚷着，有日子没聚了，要不咱们几个人去山里走一趟吧！改一改已格式化的在饭店相聚的模式。还别说，这提议真是说到了每个人的心坎里，大家一拍即合。

早早安排好工作和家事，在一个阳光明媚的周六早晨，我们径直奔往东部山区——那个与永定河官厅山峡、拒马河峡谷并称"京都三大峡谷"之一的白河峡谷。

一

初夏的时节，早晨还是凉爽怡人的。眼见着车子渐渐将熟悉的城市甩在身后，迎面而来的是时而笔直、时而弯曲的乡间公路，呐喊声，说笑声，溢满了一车，飘洒了一路。

车子快要到盘山路的时候，忽然发现有几个骑行的人，一字排开，正努力地蜿蜒折行。我们摇下车窗，挥手和他们打招呼，我们的目光里充满了对这些勇于挑战自我者的深深敬意。瞧，他们的专业运动服装和运动自行车，着实让人羡慕与赞叹。但我不仅羡慕他们的装扮，更是赞叹他们的毅力。

说到出行的方式，现在与过去可是截然不同了。改革开放之前，近路一般都用腿，稍远的骑车，再远的就是公交了，出行工具的选择囿于当时客观条件的限制，说直白一点，想骑车吧？家里可能只有一辆，不够用啊！想坐车呢，又没有那份闲钱。至于说开汽车，那就更是天方夜谭了，有谁敢想拥有一辆小轿车啊！当经济发展了，人们拥有了可以享用各种交通工具的条件时，事态似乎又逆转回来了——流行起了"绿色出行"。

现如今，许多人宁可让家里的"四个轱辘"冷落着，而钟情于步行和骑车了，美其名曰：健康绿色出行。要是从这个角度来说，贫穷时期的生活方式可都是健康绿色的。不过，转念一想，此"健康绿色"非彼"健康绿色"，看起来一样，却有着天壤之别：一个是被动，一个是主动；一个是客观，一个是主观。哪能一样呢？幼年上学的时候，看着别的同学有一辆"二八"自行车，而自己每天"一二一"徒步走，真是充满了羡慕。什么时候自己也能拥有一辆自行车啊？要知道，那时家里唯一的自行车被父亲"霸占"着——他天天骑车到几十里地外去上班。我上学的几里路与父亲到工地的几十里路相比，那就显得微不足道了。

在人类苦苦追求的一生里，追求幸福的心从没有改变过。幸福究竟诠释了怎样的感觉，幸福究竟是什么呢？

二

暂别了几个骑行的人，随着弯弯曲曲的山路，我们已经到了群山之巅的白河堡水库。

这是号称北京海拔最高的水库，有着"燕山天池"的美誉。我马上想起了长白山天池。远远看去，群山环抱的水库，碧蓝碧蓝的水面，清新透彻的空气中一丝丝云雾不时萦绕山间，仿佛世外仙境一般。

正当我们一行人忘情山水的时候，忽然有人喊了一嗓子：瞧，有人正顺着山谷往这里爬呢！大伙定睛一看，果不其然，穿着五颜六色衣服的几名"驴友"距离我们越来越近了。不一会儿，他们就汗流浃背地来到了水库边。同行的好友问：从山谷下爬到这里得多久？当听到需要两三个小时的时候，我们都目瞪口呆，惊叹他们连续走两三个小时的山路竟然还能这么气定神闲，不由地连连伸出大拇指表示佩服。没想到，他们却坦然一笑：这有啥，我们早都习惯了！就这点山路，只当是练练腿啦！啊？只当是练练腿，原来这些人都是资深"驴友"。要不然，怎不见他们气喘吁吁，只见他们谈笑风生、精神抖擞呢！

说到爬山，我可不陌生，只不过自己外出求学、工作这二十多年来，几乎很少爬山了。严格地说，以前我那时候的爬山应该叫"背山"才对。至今仍然清晰地记得，就在我中考结束的那个夏天，许多小伙伴儿为了开阔眼界，结伴出行。我和几位要好的同学肆意放松了几天之后，却不得不盘算今后外出求学的费用从哪儿来。虽说我上的是师范学校，很多花费由国家承担，可生活上的开销总要自己掏的。家里靠几亩地和父亲外出干活儿，是远远不能满足哥哥和我的花销的，更要紧的是，那年正赶上建筑行业不景气，父亲也失业在家。

总不能爷儿仨大眼瞪小眼等着天上掉馅饼吧！最后，大家商量的结果就是一起去"背山"。

我们家北面就是燕山山脉的余脉，海坨山就在附近。深山里有很多的山杏，夏天也正是山杏熟了的时候，完全可以去摘一些回来卖杏核。要说这活计，最近这些年早就没人干了。起早贪黑一整天，走上一天的路，背回来的山杏，根本弄不了多少杏核，更别提卖多少钱了！可是，那时候的光景啊，家里真的是穷啊！没办法，即便明知道这"蚂蚱"没多少肉，可毕竟能够看得见摸得着，辛苦一点总能多少换回来一些钱，总不能在家里等着吧！就这样，父亲、哥哥和我，在那个夏天，顶着烈日，在山里穿梭，一天到晚走几十里的山路，就是为了背回来的那点山杏。可以说，那个夏天，我们几乎把家乡附近的山爬遍了，就连哪条沟、哪道梁都记得清清楚楚。

"背山"是贫穷时期的被逼无奈。

如今不同了，这里的人们早已不用去"背山"了。来这里的大都是城里人，他们每逢休息日都会来登山游玩，潇潇洒洒。

三

顺着奔腾不息的河水,我们离开了"燕山天池",转眼就到了一个被称为"干沟"的地方。我们很是纳闷,眼前这里不是有一个小型的人工水坝吗?怎么起了这么一个名字!

水坝就在一个三方沟谷交汇的地方。

绿油油的青山映衬着清凉凉的水,茂盛的树在岸边矗立,青青小草犹如柔软的地毯布满四周,真是美不胜收。引人注目的是,路边有一个卖特色产品的小摊位,用遮阳伞撑起了一个棚子,吸引了我们的目光。

带着疑问,更带着新奇,我们一边欣赏着葫芦、根雕、手串、拐杖等充满山野气息的小物品,一边期待着能够解开心中的疑惑。悠闲自在的老大爷,看着我们走过来,慢条斯理地从摇椅里站了起来,瞬间就打开了话匣子:说起干沟,其实指的是西边这条狭长沟谷,由于常年少水而得名。至于这里的水坝,以前是没有的,是从上边白河堡水库放下来的水,一路流下来形成的。现如今,为了发展旅游,特意修了一个小水坝,吸引了不少的游人在这里驻足赏玩,而且这也是"百里山水画廊"的起始地,也就是说,从这里就开始画廊之旅了。老人家娓娓道来,他简直就是一个地地道道的乡村导游啊!从老人家眉飞色舞的神情中不难看出,他的生活是美好的、惬意的。用现在流行的词来说,他的幸福生活指数绝对是"爆表"的。

或许是受到老大爷影响，我们行车的速度较之先前也着实慢了不少，不再追求风驰电掣般的速度，而是尽情地享受着树荫斑驳的秀美风光。时而停下车来，望一望不远处的山景；时而来到小河边，肆意地嬉戏一番；时而坐在路边每隔不远处就随处可见的小亭子里、长木凳上，自在地闲扯一会儿……

　　不知道什么时候，一辆放着欢快的歌曲，间或夹杂着"嘣、嘣、嘣"的声音的农用车，从我们身边疾驰而过，扬起了一股尘土。看着渐渐远去的农用车，这种难得一见的画面和久而未闻的声音，潇洒得简直让人只有惊叹了。与之前那个悠闲自在卖土特产品的老人家相比，这样的场景似乎有些张扬、有些炫示，但不难看出，在高昂的音乐声中，透出的依然是那种乡间别样的幸福。

　　一路山行，一路风光。一路上，飘在心头的是那一朵朵挥之不去的云和那道道山峦、婆娑树影……裹着草木味的诗情画意，不仅让人难以忘记，还唤醒了我那尘封的记忆……或许，这就是人们常说的"乡愁"吧！

　　　　　　　　　　发表于 2016 年 8 月 11 日《京郊日报》

山泉问茶

　　平时，我很少喝茶。倒不是不爱喝，只是觉得茶水和白开水，对于我这样一个不懂茶道的人来说，都只是解渴而已，没啥大的区别。再说，茶水略微苦涩的味道，我喝起来还真有点不太习惯。更何况，茶在杯子里泡久了，时不时还有些茶锈附着在内壁上，很不好清洗。对我这样一个不怎么勤快的人，喝茶自然而然就很少了。

　　上个月，好友给我带来两盒极品观音茶，乍看那秀雅别致的包装，就感觉这茶叶肯定也非同一般。就连我这个不怎么喝茶的人，也忽然变得喜爱起来。心想，这么好的茶，又是好友特意给我带来的，总不能把它"束之高阁"吧！那岂不是辜负了好友的一番美意！

　　茶盒的一侧，清晰注明，此茶以山泉和纯净水煮泡最佳。我想，纯净水就算了，也不见得就比自来水好。山泉水就不一样了，时刻处于流动状态，经过砂岩层的渗透，相当于多次过滤，干净，无杂质，水质软，而且清澈甘甜，更加适合煮茶。更何况，我平时去延庆北山的应梦寺登山，时常见到一些人用塑料桶往回装那里的山泉水。这回，咱也不妨回归自然一把，效仿一下古人的闲情雅致，尝一尝山泉泡茶的味道，想必也是一件难得的雅事啊！

从山脚进入山谷，大约步行千米左右，就可见一汪清泉水。涓涓如线的泉水从人工接造在石壁上的龙头里流出，长年不断。流出的泉水形成一个小水泉后又没入地下，不见踪影，有时候又从别处的石头底下缓缓渗出。我想，若要往上寻泉水的源头，大概就在应梦寺旁边不远处的茶壶山吧！说起这茶壶山的泉水来，自然比不上长盛不衰、蜚声海外的惠山泉，茶壶山也没有什么千古流传的文人骚客的品茶轶事。不过，关于茶壶山的山泉传说一代代流传下来，听了还真是有些意思，足以让我辈之人心驰神往。

延庆应梦寺旁的茶壶山，就在寺庙的西侧。从远处观之，形状酷似我们这里过去家家都有的老茶壶。传说在辽代，萧太后因梦而建应梦寺，但附近没有水，只能靠人从山下往山上背水和泥。一天，一个老媪以一秫秸挑两茶壶水让建寺的匠人和泥使，一个人哈哈笑道："这简直是开玩笑，两茶壶水怎么能和泥呢？还是扔西沟里去吧！"话音一落，秫秸立马就断了，一壶落在应梦寺西侧，流出了清清的泉水，另一壶掉在石山上化作了山峰，也就是现在的茶壶山。其实，传说归传说，要知道山有多高，水就有多高！茶壶山，本身的确有泉水，不然，一千多年前的古人怎么会选在这里建造应梦寺呢？据山底下村落里的老人们口耳相传，很久以前的茶壶山，水源充裕，冬季的时候，还可以从山下很远的地方看到悬挂的冰瀑。后来，在一次庙宇维修的时候，用水量很大，而茶壶山的泉水太细，有人就想把泉眼用炸药给弄大，可谁想，这一炸却把水脉给炸断了，甭说水没变多，就连泉眼也被堵住了，茶壶山的泉水不见了踪影。现在，茶壶山少有人迹，山路也被各种灌木覆盖了，不知现在那里是不是有泉水。不过，这山下的泉流，或许与茶壶山曾有的泉水是一脉相承的吧！

　　用洗干净的废旧饮料瓶子，我还真的从茶壶山下的山谷里打了两瓶山泉水背了回来。为了泡好茶，我还真是下了一番功夫，从百度上搜索了很多泡茶的知识技巧。原来，"泡茶"是一件很雅的事，可不是以前认为的随便用水一冲而已。有些茶是取植物的茎或根部，需用煮法才容易让茶的味道出来；有些是取自植物的花，用泡的方法就可以了；当然有些植物本身的味道很重，开水一冲味道便出来，适宜当下立即饮用，否则浸泡久了，茶汤变苦，可能就很难下咽了。而且，泡花草茶以水质和水温最为重要，山泉水是冲煮茶最好的选择，这样泡出来的茶汤不会偏色，杂质少，最能喝出口感。看到我一板一眼很认真的样子，妻子特意把她早就买回来的整套茶具收拾干净，和我一起烧水、泡茶。品味着茶壶山下山泉水泡出来的茶，缕缕茶香溢满了我的小屋，唇齿也好似生香一般，好像自己也成了一名品茶论道的文人了！想想，自是觉得好笑，一介山野之夫顶多算是附庸风雅，不过，一时大悦的心情，想必与那些文人墨客当时潇洒自然的心境并无二致吧！

　　后来，我每次去登山，大都会背上几瓶山泉水回来，以备泡茶之用。闲暇的时候，泡上一壶茶，看一本书，让茶香慢慢沁入心脾，细细品味，与满页的文字默默对视。忽然间，顿感心清神爽，或挥毫，或看书，随意而为，尽兴而至，真是怡然自得啊！

一缕清秋的时光，正是有了如此雅兴的问茶，也算是在繁忙的工作之余享足了难得一刻的清福。经过几次品茶，我竟然有些喜欢喝茶了，不知是茶的缘故，还是山泉水的滋润，反正，一向不喝茶水的我，悄悄爱上了茶道。虽说，自己对茶道还仍然是懵懵懂懂，但较之以前一无所知来说，显然也是进步飞速了！

脑海里想起了白居易的《山泉煎茶有怀》，不觉轻声吟诵了出来：坐酌泠泠水，看煎瑟瑟尘。无由持一碗，寄予爱茶人。山泉问茶，真水无香，发自内心地说一句：真好！

发表于 2017 年 5 月 18 日《京郊日报》

印象海坨

海坨山，对我来说应该并不陌生。因为，从小生活在官厅湖畔小村庄的我，背依的就是巍巍海坨西侧的山脉。虽说距离海坨山尚有不近的距离，可是站在波光粼粼的湖边，抬眼眺望那座高耸巍峨的海坨山：有时苍茫一片，有时碧绿葱郁，有时五彩似锦，有时白雪皑皑……

但是，在我几次身临其境登上海坨山的时候，才真正感受到了海坨山从里到外散发出来的无穷魅力。

一

汽车行驶在蜿蜒曲折的松闫路上，不一会儿就到了一个名叫闫家坪的村子的垛口。然后，车子一路下行，穿过几个小村庄，径直就到了大山脚下的大海陀村。映入我眼帘、瞬间就吸引我目光的，就是村子东北面的一块巨石，这可不是一般意义上每个村庄口立个石头写上村名的那种。要知道，这块巨石是天生就立在这里的，纯天然，没有一点人工的意味。更为重要的是，上面还镌刻着聂荣臻元帅题写的"平北抗日根据地纪念地"和原平北地委书记段苏权写的"大海陀"三个字，碑文结尾处还写道：铭记历史，勿忘国耻，让海陀精神光耀千秋！忽然想起来，就在刚才转弯的村边路口还建有一座"平北抗日根据地纪念馆"。原来，这里不只是一个尚未完全开发的旅游地，还有着光荣抗战历史！据记载，在八年抗战中，海陀山区就有一万一千多军民献出了自己的生命。就是在平北，段苏权、覃国翰等十多位开国将领从这里走出，与此同时，白乙化、耿玉华、夏德元等数十位优秀指战员长眠于此。

有趣的是，就在要去上山的村口，正巧碰上村里的一位老人，当我们搭讪问怎么登山的时候，还听到了一个王次仲落羽化山的传说故事：相传秦始皇时期，上谷郡出了一位奇才，名叫王次仲，他善书法，是秦代隶书的发明人，始皇闻知，召他进京，但三召而不至，始皇大怒，派囚车捉拿他，可就在半路上，忽然一道金光冲天而起，次仲化作神鸟飞去，押解差人举箭急射，只落下两根羽毛，顿时化作两座大山。这在一千六百多年前地理学家郦道元的《水经注》中曾有记载："海陀东侧有二峰，高峦截云，层凌断雾，双阜共秀。郡人王次仲改仓颉旧书为隶书，始皇奇而召之。三征不至，始皇怒，命槛车送之，次仲化作大鹏翻飞而上，落二翮于斯山，故其峰有大翮、小翮之称。"人们敬仰王次仲的为人，钦佩他的书法改革，便在海陀山上修建了次仲庙，又将海陀山东

84

侧的两个山峰命名为"大翩山、小翩山",也就是海坨山的两座主峰大海坨和小海坨。时至今日,庙宇在历史的尘埃中早已不知所在,人们又在海坨山脚下的西大庄科村新塑了一尊王次仲像,以示纪念。

走到景区门口,目视着"海陀山"三个字,我的心里顿生一丝疑虑:为什么河北赤城这边叫作"海陀山"而北京延庆那边却称为"海坨山"呢?"陀"与"坨"究竟有什么区别?其实,究其缘由,在于这片山脉地域纵跨京冀,实属两地用字各异所致。"坨"字除了指堆、团块之外,另一个意思是"海中沙洲"。《延庆州志》记载了一个水淹曹州的传说:曹州即延庆,曾为汪洋,海坨山只是一块礁石,后水落山突,成为"海坨山"。同样的传说,河北省一侧的赤城人称之为"海陀山"。"陀"指山冈倾斜不平,古文中"陂陀"是指"不平坦"的意思。河北省域内的大海陀乡,以及地图上的各种标识,都是用"陀"字。知名的河北大海陀国家级自然保护区,无论是保护区管理局名牌,还是山上崖刻都是用"大海陀"。不过,在北京延庆没有"海坨"的村落地名,其唯一的地理名称就是"海坨山"。在很多旅行散记中的"海坨戴雪"一词,因多是从北京或延庆的角度描述,所以都是用"坨"字,而没有出现过"海陀戴雪"的说法。所以说,二者只是用字习惯不同罢了,并没有什么区别与错误之分。

二

顺着山谷,我们依势前行。抬眼环望,这里的植被很是茂盛，绿的、黄的、红的、紫的，各色植物交错相依，有的地方好像一幅天然去雕饰的水粉图画，有的地方好像一幅清新自然的水墨山水画卷。闭上眼睛，就好似进入了世外桃源一般，别提有多惬意了。

　　开始的时候，攀升的道路充满了诗意，这是一段树影婆娑的绿荫甬道。周围到处是各色的野花，或娇艳，或含羞，或热烈，空气中充满了淡淡的花香，还有说不上名字的各种各样的蝴蝶在翩翩起舞，它们并不怕人，在林间、在草丛中，曼妙弄姿。那耀眼的阳光被枝叶遮挡，让人丝毫感受不到强烈的紫外线，只是从层叠交互的树叶间隙，时而露出一块块光斑，显得更有一番味道。再抬头望一下样式不一的树叶，各种鲜活的颜色，着实让人有些意乱情迷。深深吸一口夹杂着丝丝清凉的花草味儿的空气，脚步似乎也轻盈了，心儿似乎也飘扬了……

　　一阵微风吹来，或红或黄的一片片树叶犹如森林里的舞者一般，肆意潇洒地演绎大自然的风韵，有时轻轻地飘落在人的身上，用手一摸，滑滑的，柔柔的，凉凉的，顿时让人感受到一股股自然的灵气悄然流入心间；有时飘飘悠悠地撒落在地上，铺成了一条五颜六色的地毯，踩在上面，松松的，软软的，绵绵的，就好似走在通往秋天的金色大道上，一股意气风发的感觉早已让人忘却了昔日烦琐工作的劳累与都市生活的紧张沉闷。原来，在这里，在大自然的怀抱里，自己依旧是一个需要被爱护的孩子啊！

　　转眼间，我们就来到了山腰的一条小溪边。一股细流顺着山涧汩汩流下，汗流浃背的我们好似发现新大陆，就像几岁的孩童一头扎进大人怀里撒娇耍赖一般，兴高采烈地在溪边嬉戏玩耍开来。有的用难得一见的山泉水洗一洗被汗水浸润的脸颊，有的用水洗一洗水果，还有同行的小孩子，似乎没有一丝的疲倦，不时地撩起水花打闹。一时间，不知道是山里的清凉，还是小溪的甘洌，抑或是清新的满含负氧离子的空气，让峡谷里充满了恣意的欢笑声。或许，人与自然本就应该是这样和谐吧！有同行的摄影发烧友不时地捕捉着画面，咔嚓咔嚓的快门声欢快地响着，似乎也正为这绝妙的场景感动不已呢！

原以为一路都会是这么轻松，可接下来的路似乎让人有些望而生畏。山路突然变得陡峭起来，怪石嶙峋，坑洼不平，的确够难度、够野性、够刺激，甚至有的地方你只能借着树根和石块向上攀行。难怪以前听人说过这样的话：如果你爱他（她），就带他（她）到海坨来，因为那里是天堂！如果你恨他（她），就带他（她）到海坨来，因为那里是地狱！我想，所谓的"天堂"指的大概是海坨的诱人美景，地狱指的可能就是艰苦的爬升过程吧！

正当我们累得喘不上气，几乎徘徊在崩溃边缘的时候，魂牵梦绕的海坨已经悄然展现在了我们面前。在这条长约十千米、宽约五百多米的高山草甸上，你可以肆意地躺着小憩，因为这里的地面是柔软温润的。草地上一丛丛、一簇簇的白色的小花，黄色的金莲花、野罂粟，粉紫的野丁香，在风中绽放，在风中摇曳，各色花朵恰如美人般妩媚，恰如娇娘般温婉，也恰如山里姑娘般纯朴自然。尤其是那成片的金莲花，在风中强烈地摇摆，风儿似乎有意把它们吹落，而这些花儿顺着风势躲闪着，我们似乎也能看出花儿的辛酸，也能感觉到花儿的大爱与仁慈。它美，但不娇不妖；它是金色的，美得大气，美得粲然！据说，金莲花口感清爽，具有清热解毒、滋阴降火、养阴清热和消火杀菌的作用，长期饮用可清咽润喉、提神醒脑、清食去腻，使人精神振作、嗓音洪亮呢！

俯瞰四周，这里真是山的家园。山的另一面是山，山的远处还是山，连绵起伏的山看不到尽头；这里真是林的世界，远处是林，近处还是林，郁郁葱葱的林海一眼看不到边。这里的视野更开阔，蓝天白云似乎就在身边，触手可及。蓝蓝的天上飘浮着朵朵白云，山腰上缭绕着缕缕云雾，层层叠叠，波涛翻滚，如同玉带一般。郦道元所著《水经注》有载："重峦截云，层陵断雾，双阜共秀，竞举于群峰之上。"有时，夏季遇有骤雨如飞，古称"海坨飞雨"，又名"吞奇吐秀"，是为"妫川八景"之一。

三

在海坨山上，松林带来的清凉和惬意，阳光带来的温暖和慵懒，让登山的人似乎感受到身体在渐渐融化，灵魂在慢慢放飞……此刻，所有伤感黯然退却，心里只留下大片的空白、大片的纯粹！阳光布满了整个山坡，黑黝黝的大山变得金光灿灿，那光逐渐延伸，慢慢地照亮整个山头，似乎把一切黑暗都照亮了，也照亮了海坨山上的人们的心。或许正是因其震撼，可以让人忘了一切，敞开胸怀，去拥抱大山，拥抱世间一切美好的东西。是的，我们像原始人，呆呆地等着那生命之光的出现；我们像孩子，痴痴地吸收阳光的温暖；我们又像身居世外桃源的隐士，静静地感受大自然带给我们的这宏大安静的美。

听说，寺庙遗址和塔林正在修复。下山的时候，遇到骡队返回，在峡谷小溪边饮水。原来，这条小溪名为"娘娘泉"，当地老百姓俗称"娘娘缝儿"。传说西天王母自蓬莱归，在海坨山小憩，见山下大旱，百姓为水而苦，心生恻隐，遂手点山下，便得此泉。此泉甘冽，传说可使哺乳期的妇女增乳，泉眼状如女阴，水从泉眼喷出。以前看到过水母庙，皆由水母胯下涌出，人们看不到泉眼，唯此处裸露在外，难怪叫"娘娘缝儿"啊！据说，二十世纪五十年代，当地百姓为增加水量，用炸药炸泉眼，结果水没有增多，反而减少了，可能因改变了岩石内部的结构，以前喷出的水现在就改为溢出了，说起来，真是可惜。

或许，是登山客日渐增多的缘故吧，一个个"农家乐"悄然兴起。这里有地道的野味，有鲜黄的柴鸡蛋，有刚采下的野黄花，还有鲜嫩可口的野蘑菇，还有当地称为黑狗筋、苦菜、树头菜的野菜，让人垂涎欲滴，吃起来回味无穷。更让人惊奇的是，借着北京冬奥会高山滑雪项目将在小海坨举办的契机，延庆张山营镇西大庄科村的一户农家院，还自创了一道菜叫"海坨戴雪"，吸引了很多慕名而来的游客。据了解，作为距离2022年北京冬奥会延庆赛区举办地最近的村庄，村里有的年轻人忙着练滑雪、学英语，有的正积极开发民俗旅游来展示这里良好的自然生态景观。更值得一提的是，为了更好地保护区域整体生态环境，实现区域可持续发展，政府依据国家法律法规，将周边一些具有重要保护价值的区域划入保护区，大大扩大了自然保护区面积，真正实现了对区域生态系统的整体保护。

春夏山花似锦、百鸟争鸣，秋季枫叶如烧、五彩似锦，冬季青松傲雪、草野苍茫。海坨山，四季皆好的景色让人流连忘返，去过的人都会赞叹大自然的鬼斧神工。难怪在 2009 年《中国国家地理》的评选当中，海坨山与湖南韭菜岭、广东船底顶、四川九顶山、甘肃扎尕那山、江西武功山、河北小五台山、陕西鳌山、云南雪岭、贵州佛顶山同时入选了"十大非著名山峰"。因每年十月至次年六月，人们可以看到"海坨戴雪"，晴日可看到"海地层曦"的景色，因此，海坨山又有"中国的富士山"之称。

碧空、山雨、彩虹，云雾、落日、余霞，狂野、原始、粗犷……海坨有着人间别样的美景，仿佛在倾诉着无数沧桑的历史故事，呼唤着远方眷恋家乡的游子。如果说滔滔的妫河是妫川儿女的母亲河，那么巍巍的海坨山就是妫川儿女的父亲山。我看到了海坨山那坚强有力的臂膀，感受到了海坨山那无比宽广的胸怀。仰望海坨，你高高地站立在我小窗的北侧，似乎在缓缓地告诉我什么是巍峨，什么是雄伟。遥想海坨，你四季幻化的娇容，让我多少次在梦中与你相遇，难舍难离……

大美海坨，我还要登上你的峰顶，倾听你那柔风的吟诵！梦幻海坨，我还要进入你神秘的传说，用血液写就爱的颂歌。

发表于 2017 年 7 月 13 日《京郊日报》

秋行坝上

湛蓝的天、雪白的云、泛黄的连绵草地、高低起伏的山峦……一踏入坝上草原，别样的风景顿时展现在眼前。张开双臂，深吸一口，感觉空气中都溢满了淡淡的草香，沁人心脾。一股清爽的感觉顿时流遍了全身的每一寸肌肤，静静聆听着天地之间的窃窃私语，品味着坝上秋韵的成熟气息……

初秋的一个双休日，我们一行十余人分乘三辆车，奔驰了三个小时，来到了京北第一草原——丰宁坝上草原。据书上说，"丰宁"的名字还是乾隆御赐的，取其"丰阜康宁"之意！一路上，大家欢声笑语说个不停。或许是远离了城市的喧嚣，或许是暂别了繁忙的工作，难得有这么一次全身心的放松机会，大家的情绪都很激昂，就像一个个出笼的小鸟，终于可以自由翱翔在广袤的天空中，那心情别提有多高兴了！

同行的兄弟姐妹们一下车，马上就被绿中泛黄、黄中泛青的草原给深深吸引住了，哪里还顾得上一路的颠簸与旅途劳累！径直走下车来，有的静静地眺望远方，有的高喊着、呼叫着，有的早已摆好了姿势，就等着人家赶紧按下快门，还有的三五成群地轻轻交谈，背依茫茫草原，笑声时不时在空气中传播开来……此情此景，简直是天上人间；此景此情，不啻为世外桃源！

坝上草原独特的景致，给人带来的视觉上的冲击，无疑是非常巨大的。这种完全不同于当下城市的钢筋水泥的景观，对城里人来说，是那么新鲜、那么诱人。同行的王老师是个地理通，不知不觉就给我们义务介绍起来：坝上草原位于内蒙古高原的东南端、大兴安岭的南麓。它是内蒙古高原的重要组成部分，自西向东主要分布在河北省张家口市张北县以东，河北省丰宁县黄旗镇坝梁以北，河北省围场县最北端的机械林场镇坝梁以北，过界河后进入内蒙古界的乌兰布统草原……一边欣赏着自然美景，一边聆听着地理知识，真是无与伦比的享受啊！

远处有成群的牛马在悠然自得地吃草，让人不觉想起了"天苍苍，野茫茫，风吹草低见牛羊……"的诗句来。再远一些，就是被称为"坝上草原明珠"的闪电湖。很难想象，在这里会有这么一个烟波浩渺的水世界。水如同天一样蓝，偶尔会看到岸边白桦林落在湖中的金色树叶，犹如一叶叶轻舟在微风的吹拂下漂荡，在夕辉的衬映下，更显得恬淡与静谧。站立在湖边，忽然感觉自己好像一株小草，好似一片树叶，早已悄然融入坝上初秋的世界里了。

九月，坝上草原的金秋，美得自然，美得淳朴！

发表于 2013 年 10 月 14 日《京郊日报》

烟雨凤凰

　　早就听闻沈从文笔下的边城凤凰，曾被新西兰著名作家路易·艾黎赞为"中国最美丽的小城"，可惜终不得见。近日，趁着难得的假期，我终于圆了走一遭凤凰古城的夙愿。

　　果真不愧是名副其实的"烟雨凤凰"啊！刚一下车，就下起了霏霏细雨，如同温嫩的酥手轻抚在脸颊，湿润而柔和，舒服极了。漫步在沱江两岸，放眼望去，绵延起伏的远山、流淌不息的湍湍江水、星罗棋布的吊脚楼，犹如水墨丹青画一般。水面不时腾起一团团的水汽，<u>丝丝缕缕盘旋在空中</u>，仿佛是一个烟雾雨霭的神仙境地。置身在这样一片神奇的土地上，即便是再华丽的辞藻，或许也无法准确描述出这动人心魄的唯美画面，惊叹的心情一股脑儿地从心底里漾了出来。

　　泛舟沱江，两岸林立的吊脚楼与水面的倒影相映成趣。船移水动，泛起的水波，让水中高高矮矮的建筑显得影影绰绰，顿时就有了一种动感。偶然看见一个老大娘在江边悠闲自在地洗衣，路过的摄影师还在不远处咔嚓咔嚓记录着这闲庭野趣的自在画面。此等优雅的慢生活，忙碌在大城市而惯于快节奏生活的人们，似乎除了艳羡就只能是欣赏了。忽然，对面划过一条小船，苗家妹子高昂的歌声顺着江水徐徐传来，透亮透亮的，回响在沱江两岸，如同天籁之音。一条条小船鱼贯而行，好似行进在山水画中，清新的空气沁入口鼻，真想时光瞬间停滞，让我好好在这人间仙境中多待一会儿啊！

靠岸，在古城的街巷中行走，古色古香的建筑比比皆是，灰白色调的房屋与周边的自然环境很是协调。高耸的万民塔屹立在江边，甚是雄伟。拾阶而行，沿街是商铺，擂茶、腊肉等各色小吃让人垂涎欲滴。最出名的当数这里张字、陈字等许多老字号姜糖，上千年来始终保持着原有的味道。据当地人讲，南方湿气重，多有得风湿者，由于姜糖具有除湿祛寒的作用，还可以减轻口干舌燥时口中的苦涩味道，因此特别适合在气候潮湿的南方以及北方多雨季节食用。更让人唏嘘不已的是，小小的凤凰古城文化底蕴丰厚、才子名人辈出：文学大师沈从文自不必说，还有熊希龄、黄永玉等名士，足以让古城在浩瀚的文化史上占有不可动摇的一席之地。

吃罢晚饭，在夜幕下闲逛古城，更是别有一番风景。五彩斑斓、光怪陆离，凤凰古城的夜色热闹非凡，现代化的霓虹灯和古老传统的红灯笼在沱江上交相辉映，各色灯光映射在水面上，煞是艳丽。灯红酒绿的酒吧敲碎了两岸的幽寂，俊男靓女徜徉其间，彩灯闪烁、流光溢彩，真是一个"偷得浮生半日闲"的好地方。待夜深人静后，歌声悄悄地隐去，最后几处的霓虹灯也渐次熄灭。吊脚楼上的红灯笼,被微风吹拂得轻轻摇晃,若明若暗的灯光在幽静的夜色中显得异常神秘。喧闹一整天的凤凰古城慢慢地安静下来,只有清凉的江水依然在欢快地流淌……

烟雨凤凰,依然在演绎着边城的儿女情长……

发表于 2014 年 12 月 1 日《京郊日报》

冬雨张家界

刚到张家界武陵源风景区，就下起了蒙蒙冬雨。湿润的气息扑面而来，潮潮的，略微带着一丝丝凉意，直入心底。对于生长于干燥北方的我来说，能在寒冷的冬季感受到冬雨的味道，是件可遇不可求的幸事。

为了能够近距离领略这里的大美风光，一大早，我和几位同伴决定徒步登上天子山。从十里画廊峡谷的入口处开始，在不宽不窄、刚刚能容纳两人并行的木栏栈道上，我们趋步前行，真是三步一小景、五步一大景，才别"孔雀开屏"，又遇"采药老人"，惜别"寿星迎宾"，突然"猛虎啸天"，自然奇观，美不胜收。虽是冬季，山谷里的树叶却依然迟迟不肯离开大树母亲的怀抱，五颜六色，展示着自己娇艳的容颜，让人仿佛行走在一幅色彩斑斓的油画中。远看一峰壁立，好不巍峨，宛若刀削斧劈一般，崖身怪石嶙峋，斑驳陆离，足有百米，峰巅上下，不时腾起一缕缕云霭，缥缈似轻纱帷帐，宛若一条条银带在翩翩起舞。

刚开始的路还很平坦，走了一会儿，就开始步入上山的台阶，按照导游图，这里的台阶分为"五上五下"，旁边抬滑竿的本地人告诉我们说，上山的台阶有八千多级呢！看来还真是个体力活儿。不过，几个人嘻嘻哈哈地边说边走，竟然也不觉得累。汗水不断从额头、脸上淌出，轻轻地擦一擦脸颊，竟然光滑细腻了不少，怪不得人们常说南方的水土滋润人呢！随着高度增加，各种奇异的风景映入眼帘，天台、西海、石林、翠松，离天更近的是蓝天白云，不得不感叹大自然鬼斧神工的造物绝技。不知不觉，我们已经悄然登上了天子山顶，环顾一看，顿时惊呆了，眼睛眨都不敢眨。无数怪石傲然林立，高低错落，形状各异，千姿百态，诡奇雄险，拟人拟物无不惟妙惟肖，却又大都不相依连，独立成峰，拔地而起，似一柄柄长长的巨型宝剑直入云天。云雾缥缈，变幻无常，群峰时而露出秀美脸庞，时而害羞躲在云端，旁边树木上出现的冰挂、雾凇等多姿多彩的美景，极其空灵秀美，变幻莫测，与树木构成了一幅幅如花如诗的风光图画。驻足留观，我久久不肯离去，真是"谁人识得天子山，归来不看天下山"啊！

乘上景区的专车，我们到了下一站——袁家界。这里的山依然是多而密，千姿百态、雄秀并具，奇峰、奇石、奇松俱全。古松矗立，数十米连成一片，一阵清风袭来，顿时松涛阵阵。"神兵聚会"的绝景让人唏嘘慨叹：四十八座相对独立的石峰，真的就像当年土家族的起义领袖向王天子的四十八大将军，雄姿英发，奇特无比。尤其令人惊叹的是，在"神兵"聚会的山顶山，远远望去，竟然还看见一些散落的小房子，据说居住着当地的土家族居民，世世代代农耕繁衍，真不愧是"空中田园"啊！

下午，我们又顺着古道缓缓前行，游览了金鞭溪。这里经年不息的溪水潺潺缓缓，极尽温柔，媚态可掬，似乎土家族姑娘的歌韵，别有一番不与外人相争的平和与悠闲。如此曼妙的风景不时让大家赞叹。溪畔的金鞭岩，为群峰之王。只见这座高达三百多米的巨峰，峭壁刀仞，岩石峥嵘，峰顶上雾气氤氲，几棵劲松迎风而立，偶有几点红叶夹杂其间。一步一景，一个个奇妙而逼真的形象尽收眼底。望郎峰、三姐妹、独峰孤猴、雾海金龟、童子拜观音、猪八戒背媳妇……一路上流泉飞瀑，绿荫翳深，峡谷鸣鸟语，林中现猴影，上蹿下跳的野猕猴时不时出现在古道边，或在树上游戏，引得我连连按快门，把它们的野性、活泼一一定格，其情其趣，实在不可言喻。

张家界的山石风景，生于斯，立于斯，几千年，几万年。它同星月亲昵，与林海相伴，默默地倾听人间悲欢，接受天风雨涛的洗礼。在与天地共存间，它用自己浑然天成的原始美，点缀着这里的一切。上山下山，一边深呼吸，一边赏美景，在天然的氧吧，峰回路转，处处有奇景，处处是佳境。在雾气缭绕中，在林立的峰岩沟壑里，在击水荡漾间，一种从未有过的舒畅早已悄然漫过心头。我慢慢忘记了自己，丢失了自己，曾经结于心怀的世间恩怨，萦于脑际的烦恼纷争，似乎不再属于我，非同寻常的心灵沐浴，早已扫除心尘，洗尽铅华。

虽在人间，胜似仙界。美哉，张家界！美哉，中国！

发表于 2017 年 3 月 1 日《语文导报》

世象评弹

"志哀"与"致哀"

近日，读了某副刊上的《为并蒂莲志哀》一文，有朋友给我打电话说，怎么用的是"志哀"，而不是"致哀"？该不会是个错别字吧！

从文字意义上看，"致"是送达的含义，"致哀"就是用语言向别人传达自己对某人某事的哀意，传达的对象是确定的。而"志"是铭记、铭刻的含义，"志哀"就是以某种方式或活动来哀悼，哀悼对象不确定，比致哀要严重，比如下半旗志哀。由此，我们可以看出，"致哀"是专指个别的某一次的哀悼行为，"志哀"则是集体的大型的表示哀悼的方式。

从象征意义来看，"志哀"的意思比"致哀"更深一层，心更真，情更切。志哀不仅是悼念死难者，更能体现出让生者记住、给生者鼓励与勇气的意思。

此外，从《现代汉语词典》上的解释来看，"志哀"中的"志"作动词讲，而"致哀"富含深切同情的意思。为此，我们不妨这样理解：当确切知道被哀悼者时，使用"致哀"二字，否则应使用"志哀"；国之大事用"志哀"，比如我们集体哀悼"5·12"地震中的遇难者；对象为物用"志哀"，对象为人用"致哀"。

由此看来，对于这些被人盗走的并蒂莲，是一个不确定的对象，因为你不能说是哪朵并蒂莲。更何况，并蒂莲为物，因此，用"志哀"一词是非常恰当的，这样显得更隆重，更能体现一种人文精神。

发表于 2009 年 8 月 27 日《北京晚报》

少当"拐棍" 多做"向导"

星期六，孩子在一旁做作业，我正翻着一本书读。一会儿，孩子走过来对我说："爸爸，这个字怎么读呀？"我刚想张口告诉她，但转念一想，何不趁此机会教她使用工具书呢？这样获得的印象肯定要比我直接告诉她读音要深刻得多。我对女儿说："噢，你查查字典不就知道了？爸爸相信你可以做到的！"

孩子噘着嘴，一脸的不情愿。但是，看着我一副不会告诉她的表情，只能悻悻地去查字典了。她一边走一边自言自语："哼！以前不是都告诉我吗？怎么今天就非得让我查字典了呢？"看着孩子的背影，我立刻意识到，我以前直接告诉她，对于培养她自己主动学习的能动性已经产生了不小的阻碍。

这个经历告诉我，孩子的独立性要从小培养。在孩子的成长过程中，作为爸爸和妈妈，不能当孩子离不开的"拐棍"，只是在她真正需要帮助的时候，临时地当一下"拐棍"，而在更多的时候，则应给她指出前进的方向，更多做她的"向导"，应该在

103

大胆的放手中强化孩子的自我意识，激发她的主观能动性。要知道，孩子依赖爸爸妈妈其实是一种天性，爸爸妈妈爱孩子更是一种本能，但是我们必须认识到，孩子不可能永远在爸爸妈妈的羽翼庇护下生活，而要想让自己的孩子能够飞得更高更远，就应该从小就让她知道，世界上还有很大很大的一片蓝天可以让她去自由翱翔。

因此，为人父母，在孩子小的时候，不应该对她有太多的限制，不能什么事情都由父母代劳。最好任何事情都尽可能让孩子自己去做主，即便我们父母可以适时地给出一些建议，但最终的主意一定要让孩子自己来拿。即使事情的结果不太恰当，也不必过多指责。

大胆放手吧！少当"拐棍"，多做"向导"。从小就让孩子尽力尝试那些能做或者可能完成的事情。要知道，爸爸妈妈的放手就是对孩子的信任，当孩子感受到你的信任的时候，就会对这个世界充满勇气，孩子成长的基础也就会更牢固！

发表于 2012 年 5 月 11 日《京郊日报》

"的、地、得"辨析

"的、地、得"三个字平常没少用，不管是作文还是说话，张口就说，提笔就写。说实话，从来没觉得这几个字有什么学问。不过，在我指导闺女发表一篇习作时，编辑在评语中指出文中这三个字的用法混乱的问题，我这才意识到这个以前曾经被我严重忽视的"小"问题。

为此，我查阅了不少资料，旨在弄清楚这三个字的具体用法。不揣浅陋，希望能给学友们一些帮助。一来别误导孩子，二来别破坏了中国汉语语法有关助词的系统性、逻辑性。

先说三个字的用法。"的"字前面一般是形容词，后面跟的都是表示事物名称的名词或词语。比如：慈祥的父亲、伟大的祖国、优雅的环境等。结构形式一般为：修饰、限制的词语＋的＋名词。"地"字前面是形容词，后面跟的是表示动作的词或词语。比如：愉快地唱、拼命地跑等。结构方式一般为：修饰、限制的词语＋地＋动词。"得"字前面多数是表示动作的词或词语，后面跟的都是形容事物状态的词或词语，表示怎么样的。比如：走得飞快、气得直叫等。结构形式一般为：动词（形容词）+ 得 + 补充、说明的词语。简单地说，名词之前"白勺"的，形后动前"土也"地，动后形前"双人"得。当然，也有特殊情况，那得另当别论。

再说三个字的读音。"的、地、得"是现代汉语中高频度使用的三个结构助词，都起着连接作用。它们在普通话中都有着各自不同的读音，但当它们附着在词、短语、句子的前面或后面，表示结构关系或某些附加意义的时候，都读轻声"de"，没有语音上的区别。

最后说三个字的区别。吕叔湘、朱德熙所著《语法修辞讲话》认为，"的"字"兼职"过多，负担过重，而力主"的、地、得"严格分工。二十世纪五十年代以来的诸多现代汉语论著和教材，一般也持这一主张。从书面语中的使用情况看，"的"与"地""得"的分工日趋明确，特别是在逻辑性很强的论述性、说明性语言中，如法律条款、学术论著、外文译著、教科书等，更是将"的"与"地""得"分用。"的、地、得"在普通话里虽然都读轻声"de"，但在书面语中有必要写成三个不同的字：在定语后面写作"的"，在状语后面写作"地"，在补语前写作"得"。这样做的好处，就是可使书面语言更加精确化。

或许有人会说，不就是"的、地、得"嘛！干吗那么较真儿？不过，平时说话也许不用太在意，但是要下笔作文，就得讲究一点才是。

发表于 2012 年 9 月 7 日《京郊日报》

高考过后

高考刚刚落下帷幕，就在考生们"解放了"的欢呼犹在耳边的时候，发生在大连的一场悲剧再一次告诉我们，真正的"解放"远没有到来。面对2013年高考的失利，十九岁的男生洋洋给父亲发完六个字的短信后跳楼自杀，真是令人扼腕痛惜，给人不少警示。

高考是公平的，每个考生机会均等；高考又是残酷的，升学与否只有一分之差。随着高考分数的公布以及录取结果的不断发榜，假如落榜该怎么办？这个注定让一些考生无法躲过的关口正在一日日逼近。

我们该如何应对可能的落榜，或者预期愿望的落空？考生也好，家长也罢，你们是否已经有了足够的心理准备？高考竞争，一分都是"生死线"，可以决定高考的成败。不过，往远了看，不要说是一分之差，即便是百分之差，也不能决定人生的成败。当然，要说考不好不会沮丧痛苦，那不啻自欺欺人，关键是怎样尽快走出阴影，迎接新的挑战。考得不好不过是失掉了一次进步的机会，但今年上不了大学，不等于永远上不了大学；上不了名牌大学，不等于上不了其他大学；即使什么大学也上不了，也未必成不了才。"分"丢了，"人"还在，依然是"条条大路通罗马"，这样的成功实例不胜枚举。如果我们的考生和家长都能有真正"解放"的认识境界，肯定会发现今后的天很高、路很宽。

面对一些考场失意之后的负面消息，我们不得不警醒的是："生命教育""心理健康教育与疏导"是不是还或多或少存在着漏洞与缺失？而且这种漏洞与缺失也绝不仅是学校教育方面的事，家长和社会同样需要主动担负起自身的责任来，从一点一滴做起，为高考创设一个理性、宽松的社会环境，让更多的人从心底里明白：高考并不是人生的"独木桥"，考不上大学，只要选准方向，肯下苦功，照样能建功立业，照样能收获一个灿烂的未来。

此刻，你可以静静地坐一会儿，想想现在，想想未来，换个角度看看世界，就会发现今后的天空会更广阔，会更值得你拥有……

此刻，你可以尝试一下社会实践，看看社会上形形色色的人，干一些力所能及的工作，就会发现原来生活有时候远比高考更艰难、更复杂……

此刻，你可以从死记硬背公式走向活灵活现的现实生活，做做自己曾经想做而没有时间做的事情，欣赏一下曾经错过的许多风景，你就会发现，其实除了课堂还有很多更值得珍惜的东西……

发表于 2013 年 7 月 5 日《京郊日报》

别让汉字成为"最熟悉的陌生人"

近日，每周五晚上播出的央视科教节目《汉字听写大会》，着实吸引了不少观众的眼球，受到热烈欢迎。听写类科教文化节目的走红，一方面明显暴露出国人在汉字书写能力上的隐忧，另一方面也说明了综艺节目其实可以有更多样的方式和更丰富的内涵，尤其是知识文化类的综艺节目也可采用更有趣的方式让大众接受和喜爱，寓教于乐，让大众在娱乐中体验学习的快乐，体验知识的独特魅力。

癞蛤蟆、桀纣、拾掇、蚩尤、罄竹难书、佝偻、龌龊……如果让你一笔一画地手写这些词语，你能写对几个？真是不写不知道，一写吓一跳，像奇葩、熨帖等生活中常用的词语，竟然很多成年人都写不出来。提笔忘字、写不好字、不会写字的"汉字危机"，通过此档节目引发了观众的广泛关注，掀起了不小的舆论波澜。据国内一家民意调查机构对北京、上海和广州等十二座城市进行的"中国人书法"系列调查显示，94.1%的人都曾有过提笔忘字的经历，其中

26.8% 的人经常提笔忘字，汉字已然成为"最熟悉的陌生人"。

汉字是我们中华民族的文化基因，我们每一个中华儿女都应该学好它、用好它！不过，随着电脑的普及，随着学生学习科目的不断增多，如今，不仅是成年人，就是学生们，提笔忘字的情形也越来越多。因此，我们必须加大力度，贯彻好新课程标准对写字教学提出的具体目标：掌握汉字的基本笔画和常用偏旁部首，能按笔顺规则用硬笔写字，注意间架结构，初步感受汉字的形体美，并养成正确的写字姿势和良好的写字习惯，书写规范、端正、整洁。

古往今来，汉字书写能力是文化学识和人格魅力的象征，正所谓，"文如其人，字如其品""不动笔墨不读书"，书写能力与读书学习有不可分割的关系，书写能强化记忆，促进学习者手脑并用，启动多种感官参与思维活动。可见，写字是一项重要的语文基本功。更何况，汉字数量庞大，仅常用的汉字就达三千多个。因此，在幼儿园、中小学教育中必须进一步优化写字教学，提高写字教学的质量。比如，可以通过欣赏书法、读名人故事、猜谜游戏等各种手段与途径，不断激发学生对写字的兴趣；在中小学试卷中亦可适当加入日常汉字，尤其是日常易读错、写错的汉字使用情况的考核；课外学习活动同样需要增加与写字有关的学习内容。

数字时代改变了我们的生活节奏，键盘输入改变了我们书写汉字的方式，但我们更应该弘扬和传承汉字，化解愈来愈严重的"汉字书写危机"。希望社会和学校能够正确引导，让人们重视汉字和汉语的学习，进一步展示汉字书写的真谛和魅力，让中华文化的魅力越来越多地在我们的生活和学习中凸显出来。

发表于 2013 年 10 月 18 日《京郊日报》

亲子节目热的背后

《爸爸去哪儿》的热播，将关于父亲教育的话题推向了一个新的热度。央视的《宝宝来啦》、陕西卫视的《好爸爸坏爸爸》、青海卫视的《老爸老妈看我的》等多档节目陆续开播，掀起一股亲子节目热浪。

其实，亲子节目热的背后，折射出的是目前父教的严重缺失。如今，不只是明星爸爸，很多爸爸都有一个共同点：平日里忙于工作，与孩子互动不多，主要是妻子在承担照顾教育孩子的重任；还有不少家庭，把养育孩子的职责推给了上一代老人，妈妈对子女教育的参与度也较低。而从孩子的发展角度来看，这样的教育很不利于孩子的健康成长。

哈佛大学一项关于父教的研究显示，如果父教缺失，孩子的独立性和责任感较差，退缩行为比较多。专家指出，目前世界上流行的共识是，"双性化"教育是最理想的教育，母教和父教都不能缺失。"好爸爸"存在与否，尤其是爸爸是否有正确的育儿态度，对孩子的成长至关重要。

在家庭里，孩子能从父亲身上认识到什么是男人、丈夫、父亲，能从母亲身上认识到什么是女人、妻子、母亲，从父母身上认识到爱情、夫妻、婚姻，男人和女人的交往与合作。从这个角度而言，和谐有效的"双性教育"非常有利于孩子的健康成长。

当然，对于"双性教育"的理解，我们还应该从家庭延伸到学校中去。根据上海一项调查显示，中小学阶段的男教师奇缺，很不利于学生的发展。其实，看看我们周围的中小学，也几乎都是男女教师人数比例严重失衡。中国青少年研究中心副主任、著名教育专家孙云晓认为："没有男教师的幼儿园和中小学，都是不合格的。在发达国家，幼儿园里男教师的比例达到 7%-10%，国内可能达不到这么高，但要占一个起码的比例。男女教师呈现出来的性别方面的差异，是儿童成长的天然需要。这已经超越了传授知识的范围，更关系到思维方式、示范特点，以及让孩子感受到生命的存在一定不是单一性别的。"因此，在今后的中小学和幼儿园教师男女比例的配置上，学校从招聘以及任课安排上，应该尽量予以考虑，并重视存在的问题，

师长去哪儿，孩子就会去哪儿；孩子去哪儿，社会就会去哪儿。透过亲子节目热，我们期待父教缺位的状态能够尽快得到改变，让我们的孩子能够健康地成长为具有独立人格与自由精神的现代公民。这是现代教育的共识，也是为人父母、为人师长的殷殷期待。

发表于 2013 年 12 月 20 日《京郊日报》

聪明与愚蠢

读史书，看到这样一则故事：鲁国的宰相公仪休特别喜欢吃鱼，全国的人都争相买鱼来献给他，公仪先生却不接受。弟子问他："您喜欢吃鱼而不接受别人的鱼，这是为什么？"他回答说："正因为爱吃鱼，我才不接受。假如收了别人献来的鱼，一定会有不敢要求他们的表现；有不敢要求他们的表现，就会枉法；枉法就会被罢免相位。虽然爱吃鱼，那时这些人不一定再送给我鱼，我又不能自己给自己供鱼。如果不收别人给的鱼，就不会被罢免宰相，我却能够长期自己给自己供鱼。"

不管公仪休是出于保住自己地位的私心也好，还是出于不徇私受贿的想法也罢，都表明了一个再浅显不过的道理：为官当廉洁，莫伸手，伸手必被捉。而且，从侧面也说明这样一个事实：不管干什么，必须明白靠别人不如依靠自己，依赖别人为自己牟利，不如自己为自己来得踏实。从个人修为与处世为官等角度来看，公仪休的确算得上聪明。

东汉刘宠，官至司徒、太尉。刘宠在任会稽郡（今浙江绍兴市）太守时，政绩卓著，操守廉政，朝廷调他为将作大匠（主管工程建设的官员）。在他离任前，会稽郡山阴县若耶山谷五六位鬓发斑白的老人各带了一百文钱（即一百个铜板），想送给他，可刘宠不肯受。老人们流着泪对刘宠说："我们是山谷小民。前任郡守屡屡扰民，夜晚也不放过，有时狗竟然整夜叫吠不止，民不得安。可自从您上任以来，夜晚狗都不叫吠了，官吏也不抓捕老百姓了。现在我们听说您要离任了，故奉送这点儿小钱，聊表心意。"刘宠说："我的政绩远远不及几位老者说的那样好，倒是辛苦父老了！"老人们一定要他收下，盛情难却，刘宠只好收下几位老人各一文钱。他出了山阴县界，就把钱投到了江里。后人将该江改名为"钱清江"（在今绍兴市境内），还建了"一钱亭""一钱太守庙"。从此，"一钱太守"的美称便在当地传开了。

试问，如果刘宠对百姓送的钱照单全收，如果公仪休收受别人的鱼，他们岂能明哲保身、平安一生？岂能清名留史而被后人所称道？有人说，聪明的人是拿别人的教训来教训自己，愚蠢的人常常是拿自己的错误去教训别人。因此说，不管是"二不尚书"范景公、"三汤道台"清汤斌、"四知先生"杨震，还是"五代清郎"袁聿修、"八一巡抚"张伯行，都可谓大愚若智。他们在利禄之徒看来或许傻透了，其实恰恰相反，他们可谓常以别人教训来警示自己的聪明人。

就拿历史上大名鼎鼎的贪官清朝和珅来说，四十七次被乾隆帝封官。宠信之极，官阶之高，管事之广，兼职之多，权势之大，可谓史上罕有。可就是一个贪欲，最终让他身败名裂。嘉庆帝宣布和珅的二十条大罪，下旨抄家抄得家产合计白银十一亿两。要知道，当时清廷每年的税收也不过七千万两，而和珅所匿藏的财产相当于当时清政府十五年财政收入。和绅最终被赐自尽，死前口占一绝：五十来年梦幻真，今朝撒手谢红尘。他年水泛含龙日，认取香烟是后身。试问，这究竟是聪明绝顶呢，还是愚蠢至极呢？历史最终有了答案，使其成为拿自己错误去教训别人的愚蠢之人。

随着社会的不断进步，人们逐渐由追求丰衣足食转而追求生活的质量。许多人很容易迷失方向，找不到自己人生的真正目标，常常误认为只要有了财富就会有自己需要的一切！事实上恰恰相反：穿什么名牌，开什么名车，其实并不能代表你生活的质量有多高。况且，如果营造这些华丽外表的钱财"取之无道"，它就更可能是隐藏在身边随时可以让你粉身碎骨的炸弹。

有时候，聪明与愚蠢的距离或许只是一念之间，关键是能不能够把持住自己，自觉抵制物质的诱惑。不然，再聪明的人也会掉下"愚蠢"的陷阱而不能自拔。

发表于 2013 年 12 月 29 日《北京日报》

特殊的寒假作业

"爸爸！爸爸！老师让我们在假期里写春节家庭消费记录，开学后上交一份实践活动报告！"一回家，已经参加完期末考试的闺女向我报告，"老师说，让家长和孩子一起参与这项作业呢！"我一听立马来了精神，心想，较之以往一成不变的几本寒假作业来说，这样特别的寒假作业还真是不多见。

按理说，孩子辛苦学习了整整一个学期，的确有些累。虽然现如今提倡给学生减负，可是一时半会儿，孩子过重的学业负担哪能一下子减下来呢？如果寒假继续给孩子留很多的书面作业，还搞题海训练，短暂的寒假对孩子来说，还是不能得到休整。不过，诸如类似"消费记录"的社会实践作业，其意义显然与以往大不相同。

其实，如何让孩子的假期过得更好更有意义，一直以来都备受家长、学校和社会多方面的关注。埋头读书做作业的假期，让孩子生厌，作业稀里糊涂做完，应付了事。不如留一些新颖特别的假期作业，让孩子既动脑又动手，切实给学生减了负，还丰富了假期生活，让孩子增长了见识，开阔了视野，更能让孩子了解社会，学习本领，增强社会责任感，真是一举多得。更何况，很多社会实践作业需要家长的支持与参与，无形之中给孩子和家长的交流与沟通提供了更多机会与时间。要知道，平日里家长工作繁忙，孩子也有较多课业负担，共同参与的活动真的不是很多，相互交流与沟通的机会也很缺乏。家长工作有多辛苦，工作压力有多大，孩子不太清楚，也不太理解；孩子有哪些心里话，有哪些烦恼，也少有机会倾诉，家长有时候难免会忽视。通过共同参与完成假期社会实践作业，可以让家长和孩子尽可能多交流。

孩子虽小，可也有自己的精神追求，也需要家长更多关注。看看现实生活，虽然父母竭尽所能给孩子提供尽可能好的物质条件，可不少孩子却感觉父母离自己越来越远，这不利于孩子健康成长。从心理学角度来看，根据马斯洛的需要层次理论，孩子有强烈的爱的需求。因为，家长的爱是孩子成长必不可少的精神营养，只有让孩子更多感受到"父母爱我"，孩子才可能会自信、快乐地度过每一天。

很多资料表明，青少年是心理问题日益增多的一个群体，常常表现在学习、心理、人际交往、情绪、自我认同等方面，容易产生注意力分散、行为退缩、易冲动、自卑等现象。如果对这些心理问题不够重视、处理不当，会对孩子未来的人生产生不良影响。为此，为人父母者，不能止步于给孩子提供衣食住行的物质保障，更要对孩子的精神状况予以关注，多和孩子分享生活中的成功与失败，幸福与烦恼。

不管是学校布置的实践作业也好，还是家长主动和孩子一起读一本好书、参加社区活动、定期外出游览也罢，都是家长更好地洞察孩子精神世界，与孩子共同体验快乐的好途径。我们乐见这样有效沟通和交流的共享精神生活现象越来越普遍，更乐见我们的孩子能够在爱的氛围与关怀下茁壮成长。

　　　　　　　　　　发表于 2014 年 1 月 17 日《京郊日报》

别过分迁就孩子

从女儿很小的时候开始，我们就把每一个困难都看作她的一次锻炼机会，有的时候甚至为她设置困难，让她学会如何变不利为有利，顺利闯过难关。

女儿小时候，凡是我们认为不允许的事情，不管她怎么哭也不迁就。她上幼儿园的第一天，也像大多数孩子一样，哭着要找妈妈。因为她还不到三岁，比别的孩子小一岁，老师心一软，就把她送回了家。我开门一看，老师领着女儿站在门口，赶忙让老师先走，然后对女儿说："小朋友们都在幼儿园，没到放学时间，谁也不能回家，现在你只能自己去上幼儿园了。"她呜呜哭着，伤心极了，我挡在门口，硬是没让她进门。女儿知道我的脾气：原则问题没商量。所以，不一会儿她就妥协了，央求着说："妈妈送我回幼儿园。"幼儿园离我们家只有几分钟的路，我心里真想一把抱起女儿，为她擦干眼泪，把她送回去！可是我知道，如果我送她回幼儿园，等于奖励了她的行为。于是我狠下心，对她说:"好孩子自己回去,下午你妈妈第一个去接你。"女儿万般无奈,面对着家门,一步步倒退着走,一路流着眼泪,边走边说:"妈妈再见!"直到看不到家门了,才转身走去。她走远了以后,我又悄悄在后面远远地尾随着,直到看她走进了幼儿园才放心地离开。后来她上幼儿园再也没有哭。孩子只有三岁,但是我想通过这件事给她传递一个信息,就是一个人的愿望是要受到约束的,很多事情是不能随心所欲的。

我一般不让女儿喝饮料,口渴了只喝白开水,连白糖也不加。有一次,女儿对她妈妈说:"妈妈,你就让我在开水里加点糖吧!"我说:"你要习惯喝白开水,以后白水糖水都能喝;要是习惯喝糖水,以后就只会喝糖水。可是,长大以后,不是每次口渴的时候都有糖水让你喝的。"

家里安空调时,没安在女儿的卧室,她委屈得哭了,说是夏天太热,需要空调,她班上同学自己房间都有空调。我没说什么,她噘着嘴,想不通。那天晚上,我在她床头放了一本《安徒生童话》,把书签夹在《豌豆公主》那一页,第二天这事她就不再提起。五年后,我们再一次搬家时,家里已经有三台空调了。不过女儿对我们说:"我有个电风扇就行了,我不要当'豌豆公主'。"

发表于 2014 年 2 月 7 日《京郊日报》

一样的粗粮　不一样的味道

说起粗粮，现在的孩子或许都搞不太清楚，因为，在他们的心里，压根儿就没有啥粗粮、细粮的概念！可是，年纪稍微大一点的人对于粗粮，或许都有一种比较难以忘却的"情怀"。

在二十世纪七十年代，我还是一个懵懵懂懂的小孩子。那时候，大人们都还在生产队挣工分，劳累了一年，也没啥大的收成，不管是小麦还是稻子，由于产量太低，即便秋后，也只能分给各家各户有数的几斤而已。这几斤小麦、稻子，爸爸妈妈哪舍得磨出来吃呀！总是等到过年过节或者来了客人的时候，才拿它做上一顿饺子、白米饭，权当解解馋了！

而那时候大部分的日子，我们一家人只能吃些玉米面、高粱面等做成的窝窝头、贴饼子、搅糊糊。即便是这些，也还是不够吃的，有时候只能辅以红薯、南瓜等来填饱肚子。记得那个时候，我看着黄黄的、黑黑的玉米高粱面窝窝头，硬是咽不下去，只觉得噎嗓子，噎得我直流眼泪，妈妈只好哄着我说："乖，再吃点！要不然会饿着的。要是噎着了，喝点白开水。"至于红薯、南瓜，或煮或蒸，吃一顿两顿还可以，可有时候家里得连着吃上一两个月红薯、南瓜，直吃得人反胃。

好在这样的日子没过多少年，大概也就是1983年的冬天吧！我们村实行了联产承包责任制，我们家分得了半亩稻田、二亩半麦地，还有几亩果园。全家人高兴极了，干起活儿来特卖力气，给地里施了不少自己割蒿草沤成的农家肥，所以，那年的收成特别好。我清楚地记得，那年我正上小学四年级，还帮着爸爸妈妈割麦子、打粮食呢！那一年，我们家收了两袋稻谷、十多袋麦子，加上收获的玉米，我们家逐渐从以吃玉米面、高粱面、红薯、南瓜等粗粮为主，过渡到了以吃白面、白米饭为主的日子。渐渐地，玉米面、红薯、南瓜淡出了我们家的餐桌。

想必是物极必反，风水轮流转的原因吧！现如今，吃多了大鱼大肉的人们，竟然又想起了那些粗粮。大概从上个世纪末，这些早已淡出我家餐桌的粗粮又回来了，让人时不时还惦记着吃上几顿。而且在市场上、超市里，这些原本名不见经传的玉米面、红薯、南瓜等竟然也多了起来，很多人又吃起了粗粮。不过，这时候吃的粗粮显然也只是人们饮食的一种补充罢了。而且，据说，有的人家还规定每周应该吃几次粗粮、每顿吃多少，说粗粮非常有益身体健康呢！

日月沧桑，短短的三十年光景，一样的粗粮，却是不一样味道、不一样感觉。粗粮由过去的充饥食物，摇身一变成了换口味、解油腻、促健康的辅助食物了。这说明了啥？不用多说，只消一句话，就是咱老百姓的生活水平真的是大大提高了！

发表于2008年12月27日《京郊日报》

文明自语言始

巴西世界杯足球赛期间，世界各地的足球迷都在享受这一充满魔力的饕餮盛宴。即便在远离巴西的北半球，无数的热情球迷也丝毫不减为足球摇旗呐喊的激情。

但是，在此期间也时常听到一些不文明的声音，看到一些不太文明的现象：有在夜间观战嗷嗷呐喊的，影响了左邻右舍的休息；也有疯狂耍闹酗酒闹事的，秽言谩骂，侮辱他人；更有甚者，由于看球吵架一时头脑冲动而跳楼、斗殴，出现"足球暴力"行为，让好端端的观赛演变成了悲剧……

要知道，在观赏世界杯足球赛事的时候，热血沸腾可以理解，但要理智对待输赢，用审美的眼光去关注世界杯，关注足球运动，以文明、平和的方式表达自己激动的情感，感受足球赛事那种独特的运动之美。

其实，在生活中，我们每一个人都应该讲文明、树新风，瞧瞧有没有乱丢垃圾、乱扔烟头、随地吐痰的现象；看看有没有说脏话、爆粗口的不良行为；乘车时有没有不自觉排队、破坏公共卫生的现象；遛狗的市民有没有不管自家宠物；司机师傅有没有乱闯红灯、不礼让行人的行为；行人有没有"中国式过马路"的不良习惯；逛街休闲时有没有出现肆无忌惮的"膀爷"；外出就餐的人们有没有铺张浪费、不打包的现象……

荀子云："不学礼无以立，人无礼则不生，事无礼则不成，国无礼则不宁。"还记得中央电视台的一个公益广告吗？一个晨练的青年，一边跑步锻炼身体，一边帮孩子拿下不小心扔到树上的篮球，把路边的垃圾扔到了垃圾箱，还帮助一位费力上坡的三轮车老人推车，早晨跑了一路，好事做了一路，快乐了别人也快乐了自己。

一分文明好像一滴水，许多文明就是一片海；一分文明好像一盏灯，许多文明就是普照的阳光；一分文明好像星星之火，许多文明即可成燎原之势。要知道，有时候文明只是举手之劳：捡起一张纸，就是拾起了文明的种子；随地吐一口痰，就是抛弃了传统美德。有时候文明近得触手可及，把没有盖好的井盖盖好，把盲道上的障碍物推开，就可以看出一个人的文明素养。有时候文明只是一个手势、一个微笑……这些点点滴滴都是一个又一个对文明的生动诠释与体现。其实，文明真的很小很小，但是只要每一个人都做一件文明的好事，就能使咱们国家的社会文明前进一大步。

发表于 2014 年 8 月 1 日《语言文字报》

送红包陋习当改

今年"十一"黄金周前，林女士一共收到了八张请柬，除了第一天要参加两场婚礼之外，其余六天每天都有一场，这让准备出游的她顿时没有了一点心情。

的确，现在的人情世故特别多：你今天庆满月，我明天贺升学，你今天举行婚礼，我明天办寿宴，无论是至爱亲朋，还是同窗同事、领导老师，谁家有喜事了，都要随点份子、送些红包。可是，单位要是大点儿、亲朋好友多点儿，光应付这些事儿一年下来的花销还真不少。假如这些事情赶到一块儿了，有时候不但一个月工资不够，还得借钱度日。至于送红包的钱，办喜事的人其实也得不到多少实惠，多数是众人出钱，主家请客，大部分的钱都送给了饭店。

不送红包行不行？这的确是一个问题。想想看，大家都送礼了，如果你不送，一来显得不合群，二来被误会对人家有意见，就像做了什么亏心事一样，见了面也觉得难为情，说话也没了底气，于是一些人只好硬着头皮跟着送。如此一来，喜宴红包之风愈演愈烈，相对于当前建设节约型社会的倡议而言，实在让人难以理解。

其实，作为礼尚往来的传统，原先送红包随份子的习俗，从一定意义上来说也是一件好事，无可厚非。亲戚朋友、邻里同学之间，谁家有个大事小情，都来搭把手，既增添了一分力量，也增进了一点感情，拉近了一些距离。不过，当时的"送红包"只是象征性的一种表示，只是随上一点儿钱或者送点日用品，表达一下祝福就可以了。可这些年却跟炒房子一样，礼金越来越高，有点让人难以承受了，有的甚至演变成了变相的行贿索贿。本来用来表达美好祝福的送红包，却演变成了彼此欠下的"人情债"，送红包送到这份儿上，也就变得索然无味，有点讨人嫌了。

那么，办喜事除了送红包，难道就没有更好的方法了吗？我们不妨看看外国在这方面的做法。比如法国人结婚，亲朋好友按照新人需要，送一些合适的礼物当作结婚贺礼，这样送礼者有的放矢，只送礼物不送钱，既经济又实用。办喜事的人也不过分看重礼物的贵贱，看重的只是亲朋好友的真诚心意与温馨情谊，如此两全其美的事儿，何乐而不为呢！因此，从人际交往和情感交流的角度来看，过于形式主义的"礼金式"祝福，确实是一种陋习，实在当以大力改之为是。

发表于 2014 年 10 月 17 日《京郊日报》

网络安全勿小视

千龙网联合首都互联网协会发布《青少年网络安全与新媒介素养调查报告》。数据显示，57.8% 的中学生使用微信沟通，微信成为中学生最主要的聊天工具。同时，还有四分之一的中学生选择在微信中屏蔽家长及老师。而且，对于微博、微信内容的真实性，有高达 69.6% 的中学生认为朋友圈里所有的信息，来源大部分是可靠的。

众所周知，网络上鱼龙混杂的信息，很多都是真假难辨，造谣虚假信息更是比比皆是。甭说是涉世未深的中学生，就是知识量比较充裕的成年人，都不能做到完全正确识别。因此，教育管理者们就应该多管齐下，共同来引导学生辨识虚假信息，提高中学生安全上网意识。

其实，学生们不应该屏蔽家长和老师。之所以有的学生选择在微信中屏蔽，23.5% 的人的理由是不想听父母唠叨。从中学生处于成长与成熟的特殊阶段而言，应该可以理解。毕竟，年轻人是把微信看成和同龄人，特别是和伙伴分享经历、表达意见、发泄情绪和社会交往的平台，不愿意师长监督监视。不过，从正确识别真假信息的角度来看，屏蔽家长和老师，的确有些不可取。毕竟成人的知识量、分辨力要比未成年人强得多，有着比较大的判断优势。从这个意义上来讲，学生还是尽量不要屏蔽师长为好。当然，教师和家长也要注意沟通方式，应该像对自己的其他朋友一样，对孩子充分尊重和信任，做孩子的聆听者和参谋，而不是动辄评判、管教，无端地找孩子的麻烦，千万别因为生硬管教而引发孩子们的逃避、抵触与反感心理。

重要的是，学生们的防范意识亟须提高。在中学生微信中，个人头像的真实程度接近50%，姓名的真实程度超出50%，46%的人会显示个人位置，有四成多的中学生没有设置好友添加验证权限，个人隐私受到威胁。此外，扫二维码更是很多青少年的随手习惯，还有37.1%的青少年使用过微信支付进行消费。这些不经意的行为，都形成了不小的安全隐患。因此，建议中学生在使用微信朋友圈时禁止陌生人查看照片，小心使用微博相册、签到、足迹等功能，学会朋友圈照片、地理定位、评论等功能的权限设置，合理选择软件安全控件，增强自己的问题处理能力，提高自己的安全风险防范意识。

当然，家长和学校还要进行正确的引导。网络欺诈、个人隐私和涉黄涉毒是最容易侵害青少年权益的三个网络痼疾，需要有关部门加大治理力度，为青少年上网创造一个更加清朗和安全的空间。尤其是学校和家长，应通过专业化、规范化的教育，使中学生不断增强自控和自护能力，还要对孩子进行安全上网的引导，让孩子能快速识别网络不安全因素。同时给孩子传播更多的正能量信息，尽量让孩子表达出自己的看法，带领孩子认识这个多元化的世界。孩子有疑问的话，家长和学校给予正确的解释与引导，让孩子能够正视社会的两面性，提高是非判断力。因为，"如何看待"要比"看到了什么"更加重要。

发表于 2014 年 10 月 24 日《京郊日报》

旧物赠换当流行

"看，这个小玩具是我用一个很久都没玩过的卡通机器人换来的！"日前，在延庆区儿童游乐园，来自区内的百余个家庭、两百余人参加了现场的旧物置换和售卖活动，置换售出物品六百余件，成交金额达两千八百余元。

这样的活动，不仅使闲置在家中的废旧物品重新得到利用，发挥出更大的价值，小朋友们在活动中也受到教育、得到锻炼，培养了良好的亲子关系。

其实，居家过日子，要说旧物，还真是不少，试问有哪家哪个人没有一些大大小小的旧物呢！废旧物要么是被随手扔了、卖废品了，要么就是舍不得而任其积压在犄角旮旯里。看到这个"旧物赠换"活动，我顿时感觉心里一亮：旧物赠换是旧物再利用的一个好举措，既环保，又能对孩子进行节俭教育，两全其美。在我们周围，以前还真是没有这样的旧物赠换场所。

在一些发达国家，虽然人们的生活水平比较高，但旧物置换或旧物捐赠的活动已经开展得非常成熟，人们既有旧物再利用的良好意识，政府和社会也建立起了畅通无阻的旧物置换与捐赠机制。而国内呢，虽然我们还不算富裕，但大手大脚的浪费习惯有时着实有点让人吃惊。因此，政府和社会应尽快加强相关方面的宣传与机制建设，提升人们的旧物再利用意识，为捐换旧物提供更多的机会和场所。

令人欣喜的是，随着人们环保意识与公民社会意识的逐渐增强，诸如"旧物赠换"活动已经越来越多地出现在我们的视野里。不过，这还处在一个起步阶段。真心希望诸如这样"旧物赠换"的活动能够像如今备受瞩目的"广场舞"一样，在人们的日常生活中得到最广泛的关注并逐渐流行开去，成为生活的一种常态。

发表于 2014 年 12 月 19 日《京郊日报》

给规矩通上电

"矩不正，不可为方；规不正，不可为圆。""不以规矩，不能成方圆。""言必行，行必果。"说起"规矩"，的确算是一个老生常谈的话题。从古至今，无数贤人雅士给我们留下了多少难以泯灭的经典名言，不断激励着一代又一代的人们孜孜以求，自律、自警，努力去做一个真正大写的"人"。

不过，令人汗颜的是，不知道从什么时候起，守规矩的越来越少了，取而代之的则是种种的不择手段：卖猪肉的不吃猪肉，因为自知注过水；卖豆芽的不吃豆芽，因为这豆芽是尿素催大养长的；蒸馒头的不吃馒头，因为馒头掺了滑石粉……诸如假药、假酒、假种子、假化肥，等等，不一而足，令人防不胜防。人们不禁惊呼：现在还有什么不是假的呢？弄得人们的日常生活，似乎已经到了谈假色变的地步。

之所以如此，有人说这是金钱至上的铜臭意识在作祟，有人说这是执法部门监管不严带来的恶果。其实，这样说都没有错。

不过，如果从"德"这个角度来深挖根源，不难发现这都是很多做人做事的规矩惨遭践踏衍生出来的后果。做人少了甚至没了规矩，自然就没有了羞耻之心，想怎么干就怎么干，什么来钱就干什么，哪管会带来啥后果呢？做事少了甚至没了规矩，自然而然就滋生了各种见不得光的潜规则，私下交易戕害了公平正义，行贿受贿、贪污腐败不断滋生，如此怎么能够让百姓信服，让人民满意？

由此看来，我们不仅要多立规矩，更重要的是守规矩，一板一眼，给规矩通上"电"，不容他人越雷池一步。如果说，规矩成了稻草人，中看不中用，立再多的规矩又有何用？而要实实在在做到守好规矩，教育先行可谓未雨绸缪的必然举措。正如古代孩童入学必诵读《弟子规》一样，从小就强化人们的规矩意识，先知后行，进而做到知行合一。只可惜，现如今的教育早已远离了"有余力则学文"的古训，一味地强调学习，只要学习好了，一切都是最棒的。如此这般，怎么能培养出更多德智俱佳的人才？看看现实就再明白不过了，好不容易培养出来的孩子毕业后却在家里甘愿当"啃老"一族，辛辛苦苦培养出来的干部一步步走向堕落的深渊。当然，这不是主流，但越来越多的类似事实给我们敲响了警钟，需要我们采取更多的措施来防微杜渐，需要我们从各个维度去重构"德行"教育体系。

孟子说："师旷之聪，不以六律，不能正五音；尧舜之道，不以仁政，不能平治天下。"这就是说，我们做事要遵循一定的法则，因为世间万物必须有一条基础的准绳，有所规限，方可有始有终。为此，我们必须用各种各样的规矩来锻造孩子们的品德基石，让他们真正知道懂规矩、守规矩；用公正、勤勉、廉洁等美德来向干部们诠释克己奉公的为官境界，让他们懂得"水能载舟，亦能覆舟"的道理。

"路漫漫其修远兮，吾将上下而求索。""规矩"二字笔画不多，亦不难写。但是对每个人而言，能否自觉遵奉各种规矩为人生戒律，努力把规矩真正写在心里，的确是需一生中不断修为的大事。我们有理由相信，走在规矩的这条大道上，好好做人，学做真人，让德蕴清风永驻心间，我们的前途肯定会一片光明，我们的社会肯定会更加和谐有序！

发表于 2015 年第 12 期《前线》

偏执的"键盘侠"

最近，网络上先后出现了两组情节看起来非常相似的照片。一组照片是在泰国的清迈机场，一群日本孩子在候机时没有玩手机，没有追跑打闹甚至大声说话，而是一人一本书捧在手里；另一组照片是西安市的十几名小学生参加赴日本的夏令营交流活动，在安检等候时都拿出随身携带的书席地而坐，安安静静地阅读，他们随身携带的行李箱也都整整齐齐地依次有序摆放。

其实，这是两组再普通不过的照片了，记得自己每次外出旅行时，在火车站、机场候车厅里，也曾经见过不少的人在埋头看书，真的是没什么值得大惊小怪的。不过，让人大跌眼镜、不可思议的是，如此情节超级"雷同"的两组照片在网络上却引起了截然不同的评论。对于外国孩子的做法，网友的留言是一片激赞，什么"日本学生在清迈机场的惊人一幕！中国人沉默……""日本这个国家为什么让人感觉到可怕？"的热文，也在网上迅速扩散；而对于咱们国家孩子的行为，招来的却是种种诸如摆拍、

135

作秀、演戏、模仿等戴着有色眼镜的不公正留言与评论。

　　说到这儿，忽然让人想起了一句言犹在耳的话：外国的月亮比中国的圆。不用在此赘言，想必大家心里明镜儿似的，同样都是月亮，外国的怎么可能比中国的圆呢？简直是笑话嘛！往小了说，这是一些人盲目追捧的心理在作怪；往大了说，这是一些人崇洋媚外、妄自菲薄的极端不自信体现。就拿这两组如此相似照片得到相反的评论来看，与早已被人诟病的"外国的月亮比中国的圆"，的确同出一辙，实不可取。因为，无数事例早已说明，外国的确有很多好的地方值得我们学习，但也有很多不好的地方需要我们擦亮眼睛去甄别舍弃，千万别在推开窗户迎来新鲜空气的时候，不小心放进来一些"苍蝇""灰尘"。

　　一件事、一种做法，好不好、对不对，应该有一个相对统一的衡量尺度，不能随着自己的性子"想当然"，想咋说就咋说，只管自己痛快，甚至前后自相矛盾都丝毫不顾及。试问，这样的网络评论，又有多少公平性可言呢？恐怕很难使人心服口服，只能说是信口雌黄罢了！咱们也千万别把它太当回事儿。而那些虚伪的"键盘侠"们，我想，还是就此立即打住，摘掉早已不合时宜的那副有色眼镜为好！

　　当然，面对不公正的评论，一方面需要我们义正辞严地坚决反驳，绝不能让非正义的声音为所欲为；另一方面也要本着"有则改之，无则加勉"的态度多反思：为什么会出现这些有损公平正义的网络评论？仅是由于那些"键盘侠"的个人虚伪使然吗？我相信怀有正义感的人大有人在。你看，网络上不是也有很多公正的评论吗？不过，假如在我们的日常生活中确有屡屡出现诸如摆拍、作秀、演戏等不良现象，就需要好好自省一下，及时去除"有色眼镜"滋生的社会土壤。

不管怎么说，阴阳怪气的"双重标准"是要不得的。偶尔出现的点滴杂音，只能是一时的跳梁小丑，蹦跶几下也就灰不溜儿地下台去了。关键是，我们要想着把自己分内的事情做好，凝心聚力，为社会的进步尽到自己的一份责任。如此，颠倒黑白、阴阳怪气的"双重标准"评论，自当没了市场，又岂会甚嚣尘上？

发表于 2016 年 7 月 8 日《北京日报》

治理假证关键在哪儿

现如今，实习证明、医院病假条、公文报告、各式证件等各种"假证"在网上都成了待价而沽的"商品"，网上甚至还可以提供一系列无微不至的"一条龙"服务。通过网络买卖，好像所有的烦恼立刻会找到解决渠道，为难之事大可不必再费心求人。

毋庸置疑，这些看似"贴心""周到"的服务，肯定是违规的，给社会带来的危害的确不小。因为，假证的泛滥，不仅损害公民的合法权益，更破坏了社会诚信和公平，给国家经济、社会的正常运行带来了重大隐患。

可是，为什么有些人明知假证是违规的，买卖假证的现象却依然如火如荼？要知道，有需求就有市场。我想，一方面当然是巨大的利益驱使。那些不法分子之所以敢于铤而走险，不外乎因为制售假证能谋取到很大的非法收益，据调查，制作一个假证件，保守估计其利润为三百至五百元。同时，购买使用假证者也是为了获得更多的利益。另一方面，"办证难"也难辞其咎。某项调查结果显示，八成受访者表示自己遭遇过"办证难"，不仅手续麻烦，成本也很高，各种"办证难"犹如不治之症，至今难以去除。于是，一些人为了图方便，便动了歪心思去买假证。当"办证难"遇到"办假证"的不法分子，一条非法利益链也由此而生，所以说，假证泛滥也是"一拍即合"与"各取所需"的结果。

所以说，要想真正从"病根"上解决假证泛滥的难题，除了通过严厉打击售卖假证行为、追究使用假证者责任等方式来大力加强多方监管、切实加大治理力度之外，关键还在于深化"放管服"改革，进一步加大简政放权力度。可以说，这才是遏制假证泛滥的釜底抽薪之法。

要尽可能地减少一些不必要的证件。哪些证件是必须保留的，哪些证件是可以逐步取消的，有关管理部门应该及时进行梳理研究，该取消的一定要取消，一时不能取消的，也要根据实际情况列出时间表，争取尽快将那些不必要的各种资格许可和认定事项有步骤地取消。这有利于促进依法行政，切实转变政府职能。

还要简化办证程序，优化办证流程，让人们告别"办证难"。烦琐的程序，复杂的流程，往往一个证办下来，不来来回回地跑上几遭，那才见怪呢？想想其中的时间成本、人力成本，的确让人望而生畏。如果能让办证变得简单、透明、快捷起来，不仅可以遏制办证过程中的权力寻租行为，更可以有效打消一些人花钱买假证的想法。如果我们在办证过程中也来个"贴心""周到"的"一条龙"服务，那还会有谁再去买假证呢！

治理假证泛滥顽疾，说难也难，说不难也不难，只要找准问题的"根结"所在，以简政放权为着力点，真正把简政放权做到位，切实将政府职能转到位，多方配合、共同发力，相信假证的"市场"会越来越萎缩，直至没了"市场"！

发表于 2016 年 8 月 19 日《北京日报》

是时候破除"洋迷信"了

近日，杭州一位叫"乐爸"的家长，网上自曝美国求医经历：孩子脱臼，在洛杉矶儿童医院急诊，等了四小时，花了一万一千八百元。而此前在国内，孩子同样也是脱臼，也是急诊，只用了不到一分钟，花了仅仅十一元挂号费而已。两相对照，时间差两百多倍，花费差一千多倍。

无独有偶，明星伊能静赴美生产。没想到，剖腹产一周后，竟"发现腹部伤口裂开，深度将近一根手指长"！明明是医生自己失误，美国医生还猪八戒倒打一耙，指控"患者不佳"！难怪惹得产妇的老公发飙："医术不行就是不行，错就是错！"

瞧，这就是美国的医疗，这就是美国医生的医德。诚然，或许这只是部分医生的行为，也许这只是个例。但是，也至少说明了这样一点，美国的医疗虽然技术发达，却也并不像国内一些人想象的那么完美无瑕，也同样存在很多不尽如人意的地方。

可能出于这样那样的原因，不少人的脑子里还持有这样的思维意识：外来的和尚好念经，不管做事还是处世，总是不相信身边熟悉的人，而是盲目地信奉外人的话。更让人想到耳熟能详的一句话：外国的月亮比中国的圆。不管三七二十一，外国什么都是好的，自己国家啥都有问题，崇洋媚外。

中国的医疗还不尽完美，还存在不少的问题。但不容否认的是，咱们中国的医疗正在大踏步向前发展，比如全民基本医保、新农合，以及正在积极推动的异地报销、降低药价等一系列医疗改革举措。

说到医生，本应该是值得公众信任的群体，人们在治疗疾病时，理应对他们的专业素质秉持起码的信任。但是这些年，由于医患纠纷不断，"医闹"频出，医患之间的信任感出现了问题。要想消除这样的不信任感，除了需要弥补医疗投入不足、矫正医疗资源配置不公、提高医生医德医风之外，作为患者是不是也需要换位思考一下？要知道，医生的心理压力是很大的，我们要对医生的工作多一些理解、少一点抱怨，对医生个人多一些尊重、少一点怀疑。否则，医患之间的信任感又谈何好转呢？

医患之间彼此信任、互相理解，咱们的生活才会更加幸福美好，社会才能更加和谐有序！

发表于 2016 年 8 月 31 日《北京日报》

吃菜不许过三匙

不以规矩，无以成方圆。本以为这是对咱普通老百姓来说的，可是在读一本《你不知道的历史细节》一书时我发现，原来身为"九五之尊"的清朝皇帝在吃饭时，规矩也是蛮多的，竟然还有"吃菜不许过三匙"的家法：皇帝如果吃哪道菜超过三口，执法太监就会高喊一声"撤"，这道菜就必须撤下去。而且，之后的十天半个月皇帝都不会见到这道菜，即便再想吃也不行。

为什么清代老祖宗会定下这样的家法呢？原来皇帝爱吃什么、不爱吃什么，绝不能让任何人知道，哪怕是自己的家人。这样做的目的一是怕有人下毒，更主要的是怕让一些太监或者大臣们知道，会有人邀宠，用口腹之欲来讨好皇帝，做出一些不正当的事儿来。

古语说：上有所好，下必甚焉。不管是皇帝也好，还是官员也罢，对自己的兴趣、爱好、习惯，如果不善节制，就可能被别有用心的人利用，成为不法之徒腐蚀的缺口，让惯于钻营之人察言观色、溜须拍马、"对症下药"，喜欢什么送什么，糖衣裹着的炮弹真是一打一个准。比如说，赖昌星就通过投其所好，用古董俘虏了工商分行行长叶秀湛，用美女俘虏了刘副书记、蓝副市长，又"培养爱好"，把公安部副部长李纪周培养成了高尔夫球痴迷者，进而施以金钱、美女，终于让其成了"自己人"。而从近年来一些党政领导干部违纪违法的情况来看，众多锒铛入狱的贪官，很多就是被人从"个人所好"这个突破口下手"击倒"的。可以说，他们心理防线的崩溃，都是所谓的爱好惹的祸：你好奇花异草，就有人会为你搜罗；你好钓鱼，就有人为你联系钓场；你好舒弄筋骨，就有人为你安排桑拿按摩；你好打牌，就有人为你设牌局；你好古玩字画，就有人不惜重金收购送至你手中……有许多人在万金面前不动心，却因自己的爱好得到一时满足而不知不觉间被人下了"套"、戴上了"枷锁"、失去了防范，被小人利用而陷入泥潭，真是一失足成千古恨，教训可谓深刻至极。

假如你将自己的嗜好告示于人，就等于暴露了自己的致命弱点，成为别人攻击算计的目标，你极有可能成为嗜好的俘虏，然后你不得不用嗜好去换原则、换党性、换法律、换人格，最后落得个身败名裂的下场。从这个意义上来说，"吃菜不许过三匙"这个典故，对于当前的各级官员来说，很是值得细细品味一番。如果能够真正知晓其深意并身体力行的话，就能严以修身，做到慎"好"，并修身立德，管住小节，筑牢自身的防线。

高飞之鸟，死于美食；深泉之鱼，死于芳饵。过往的多少反面案例都告诉我们，领导干部拥有太多的爱好并将这些爱好经常性展示，是极容易出现腐败问题的。有的领导干部总能在打麻将时赢老板们的钱，有的领导干部家里总能成为奢侈品牌手提包的展览馆，有的领导干部家里总能成为古玩陈列博物馆……凡是以爱好为由，将权力进行出租、公权私用，自然就会产生如此现象。

有爱好，其实本无可厚非，但关键是得管住自己，慎露个人"爱好"，自己给自己定下类似"吃菜不许过三匙"的规矩，别动不动就秀自己的爱好，给居心叵测的人以可乘之机。要真正守得住"爱好"这个碉堡，扛得住诱惑，时刻反思因为那点爱好而身陷囹圄是否值得，继而始终保持一颗自警、自律之心才是。

发表于 2016 年第 11 期《前线》

是什么让"吃穿山甲"热议不止

　　一个自称是香港企业家考察团成员的人发布了一则"赴广西考察获官员宴请吃穿山甲"的微博,瞬间引发了社会的广泛关注。虽然,涉事单位迅即发声,予以坚决否定;有关部门也紧跟着声明,将积极关注并立即调查;当地宣传部门也正着手甄别事情的真假。但是,这么多部门的积极介入,却依然没有消弭舆论争议,让这早在两年前的陈年旧事犹如被引燃的"炮捻子",闹得沸沸扬扬,大有甚嚣尘上的架势。

　　静下心来思量一番,为什么这么一件尚待核实的事儿会引发如此强烈的热议呢?其实,"吃穿山甲"这件事,舆论现在关注的焦点已经不是事件的真假了,而是更多在发泄对一些人享受特权的愤懑情绪,更是对有些地方和部门在招商引资过程中出现的超规格接待现象,乃至一些见不得光的官商利益关系表示不满。

　　据一些知名的微博主页显示,这位发微博的人只是个二十出头的小伙子，小小年纪就与高级官员打成一片，吃为领导特制的穿山甲、喝特供酒、坐飞机头等舱。想想看，如此热衷权势、炫耀特权，甚至做出涉嫌违法违规之事，不以为耻，反以为荣，甚至还拿出来发微博大肆炫耀，怎么可能不招人恨、招人议呢？从这一角度来看，"吃穿山甲"之所以被热议，反映出来的是舆论对那些自恃特权并招摇过市者的强烈谴责。

需要正视的另一现象是，一段时间以来，有些地方政府为了招商引资，的确存在着对港商、台商、外商高看一等、高规格接待的问题，甚至直接给予外商"超国民待遇"。就是这个"超"字，出现了外商汽车挂黑牌可以闯红灯、出口内销食品奉行双重标准、保障外宾和权贵特供"食品安全"等不正常现象，好像这些外商一来，公务接待的规则就如同"稻草人""木偶人"，想不遵守就不遵守，平时不能吃的也可以吃了，平时不能喝的也可以喝了，平时不能办的事也能特事特办了。这种高规格的超标准接待，似乎成了一种奇葩的惯例，游离于我们的既定规则之外。其实，这也是一种变相的特权，只不过享受特权的对象不同罢了。

毋庸置疑，这种招商引资思维与我们当前倡导的法治意识越来越格格不入。要知道，今日的中国不是过去的中国，不仅是招商引资，而且很多工作的开展都越来越有效地纳入了法治的轨道，讲究的是依法开展、依章进行，强调的是要在遵守规则的前提下，正常地开展对外交往，做好招商引资工作，绝不能再搞无原则的那一套了。

其实，话说回来，能不能招好商、引好资，起决定作用的还是当地的发展硬件和营商环境如何，而不是靠吃一回穿山甲或是喝一顿茅台酒就能解决的。如果一个地方没有营造出一个风清气正的软硬件环境，即便用非常规手段把外商招来了，试想，没有更好的"梧桐树"，能留得住、留得久"金凤凰"吗？

不管怎么说，面对招商引资，我们绝不能再以破坏规则的方式来搞什么超规格接待，肆意让特权泛滥，要敬畏规则、适应规则、用好规则。或许，这才是"吃穿山甲"事件遭热议带给我们的最大启示吧！

发表于 2017 年 2 月 10 日《北京日报》

管窥"心灵鸡汤"

"曾几何时，我们做了世上那最柔情的人，为一朵花低眉，为一朵云驻足，为一滴雨感动。""成熟不是心变老，而是眼泪在眼睛里打转，我们却还能保持微笑；总会有一次流泪，让我们瞬间长大。""许多年过去了，人们说陈年旧事可以被埋葬，然而我终于明白这是错的，因为往事会自行爬上来。"……

一条条、一句句、一篇篇，似乎只要是目之所及，你或多或少都能够在网络、报纸、电视、广播中发现"心灵鸡汤"。心灵鸡汤，以其浅显的语言表达着人间真情，以其至深的情感述说着五彩人生，在每一个角落把真情的火炬点燃，让每一缕清香在尘世间流传，让真情在心灵的碰撞中凝固成永恒。

"心灵鸡汤"的配方，通常是具有哲理的语录、抒情的文风和自我感动。只有语录不够生动，只有抒情又不够深刻，语录相当于鸡骨，再加一些好人好事，这是鸡肉，有骨有肉才好吃耐嚼，再撒上抒情的盐和道德的味精，最后贴上经典读解的商标。

每天阅读时服用一"剂",就成了老少咸宜的心灵鸡汤。说实在的,这些富有精神营养价值的"心灵鸡汤",填补了一部分人的文化空缺心理,慰藉了一些人的心灵,满足了一些人的情感诉求。从这个角度来看,不啻阅读者难得的福气。

不过,我们在分享"心灵鸡汤"的关怀与抚慰的时候,不妨从公共文化和生活的角度仔细思量一下,其生发的根源与存在的弊端是什么?文化批评家王晓渔认为,抒情、道德化、自我感动式的"心灵鸡汤"大行其道,与当下公共生活和文化产品受到严格过滤有关。"心灵鸡汤"的核心是鼓励个人不要介入公共生活,并使得个人与权力保持顺从和润滑的关系。如果你喝了"心灵鸡汤",发现没有效果,那是因为你的内心出了问题,需要在一个疗程之后再来一个疗程,并且加大剂量。这样,"心灵鸡汤"永远有效,像安眠药一样让读者以失去知觉的方式治疗自己的心理创伤。只是,安眠药不适合人人服用,也不能过度服用。

要知道,那些精神迷茫、需要希望、感情脆弱的需要关怀和爱抚的一部分社会群体,他们不仅需要情感的宣泄,更需要事实、理性和逻辑的出口。可是,"心灵鸡汤"却往往只讲情感,不谈逻辑,对于他们所需要解决的问题没有根本性的帮助,甚至只是一种华丽的障眼法。从这个角度看,过多泛滥的"心灵鸡汤"根本不能说是在传播什么正能量,而宣扬的却是十足的"阿Q精神":面对突发事件的时候,什么都不要做,只要祈祷就好了,也许奇迹就会出现呢?面对不公正事件的时候,什么都不要做,只要忍耐适应,一切只管等待就好了!殊不知,真正积极的人生观是要去直接面对问题、解决问题,不为之屈服,找到行之有效的方法，这才是真正的正能量。

"心灵鸡汤"恰恰绕过了该怎么去解决的问题，它采取诡辩的方式来看待存在的问题，说的大都是精神上的东西。当一个人在看完鸡汤文之后，感觉浑身解气，而过一段时间后，又感到烦恼起来。因为，他们不是宗教信徒，不可能永远活在"心灵鸡汤"的世界中，当他们打完一针"心灵鸡汤"后，还是得面对真实的问题。一个人如果在其职场刚开始的时候用这样的态度来对待每一件事情，耽误的可能只是一年两年，如果一直持续下去，耽误的将会是一辈子。试想，如果我们遇到问题不想方设法去解决，而是一味讲究改变心境，那么只管去信仰宗教就行了，结果似乎比"心灵鸡汤"还要管用得多。

毋庸讳言，适度的"心灵鸡汤"是生活的润滑安慰剂，但沉湎于此，则会使人们在现实面前越发迷糊软弱、肤浅无力、流于表面、丧失深度。因此，不如扎扎实实地读几本经典著作，使自己的思想见识硬朗起来，积极客观地面对各种发生的问题，或许你会获得更多实打实的正能量。

发表于 2017 年第 11 期《群言》

变味的文化

　　说起文化，或许让人觉得距离咱老百姓有点儿远。可是，要说起文字、语言、地域、饮食、音乐、文学、绘画、雕塑、戏剧、电影等，想必大家都很熟悉，其实，这些就是构成文化的诸多方面。可见，文化就在我们的周围，就在我们的日常生活中。

　　曾几何时，灿烂的中国文化对很多国家和地区产生了深远的影响，时至今日，世界各国仍然对中国文化给予高度的认同和尊重。不过，当前中国的传统文化在利益至上思维的影响下，有些已经悄然变了味、走了调，着实让人唏嘘慨叹。

　　现如今生活好了，艺术越来越融入寻常百姓生活，这本是件好事儿。常言道：乱世黄金，盛世收藏。可是，如果高雅的艺术只是沦为简单的收藏，那就有些本末倒置了。瞧瞧如今很火热的古玩字画，几万、几十万，甚至成百上千万的，早已不是什么新鲜事儿，不过又有多少人真正懂得这些藏品呢？说白了，无非就是一个投资，跟风炒作罢了，不见得对这些古玩字画背后的文化有多么感兴趣。有时候，很多人把一只有几百年历史的瓷瓶当作宝贝，但是对于如一支几百年前的民歌这类非物质文化遗产，却很少有人懂得去爱惜。比如说，河南河洛大鼓、陕西华阴老腔等。

"文化秀"成为"真人秀"，只管煽情，赚足眼球就好。殊不知，"秀"只是一种舞台形式，"文化"才是舞台上的真正主角，两者岂能颠倒？娱乐和文化的结合，最怕的就是形式大于内容，这样不仅不利于文化的传播，而且是对媒体和观众的伤害。

推动文化大发展大繁荣，提升国家文化软实力。国家的长期规划，给我们描绘了令人向往的文化发展宏伟蓝图。随之而来的，是文化概念股飙升和"泛文化产品"的大热。一时间，从影视媒介到动漫产业，各种与文化创意产业相关的机构皆在其内，凡与文化沾边的必热。不过，从目前一些科技园区、文化创意产业园区的运营状况来看，却令人不容乐观。正如北京大学文化产业研究院副院长陈少峰所说："我国文化产业园区的数量惊人，虽然国家承认的只有一千三百个，实际上估计一万三千个都不止。"大量文化产业园区的产值并没有其规模那么火爆。一些园区占地面积很大，入驻的文化企业却寥寥。因此，在借助荧屏传承和推广传统文化的过程中，真的是要警惕"商业化"和"流行化"对真正传统文化带来的"串味"和"变味"啊！

不止如此，在寻常百姓的生活中的那些传统文化，也在不同程度地"变味"。春节是中华民族的重大传统节日之一，祭祀祖先、贴对联、送压岁钱、走访亲友都是沉淀了几千年的文化习俗，代表了人们对美好生活的向往，对亲朋的关爱和祝愿。可是，当这些习俗变成生活的负担时，当压岁钱带来的喜悦不在于有没有红包，而取决于红包的多少时，当一天走七八家亲戚顾不上吃一口饭时，过年的亲切感也就没有了。大家纷纷感叹年味儿越来越淡了，节日文化韵味越来越少了。

说起中国酒文化，本来喝酒是一种雅事，如今却喝成了人情酒、关系酒、贪腐酒，酒文化中蕴含的那种真情友谊没有了，变成了彼此心照不宣的赤裸裸的关系利用。酒后烂醉如泥，无文又无"话"，他们是"革命小酒天天醉，喝坏了身体喝坏了胃。喝得老婆背靠背，喝得丈母娘直掉泪"。再说饮食里丰富的文化，"谁知盘中餐，粒粒皆辛苦"，连孩子都会背的这句诗里，其实包含着极为高深的饮食文化。可是，如今有些人成天泡在饮食里，一顿晚饭就要吃好几餐，却忘了世上还有不少人完全没解决温饱问题。他们谈起吃来那是头头是道，唾沫能喷三尺远，可那饭店里的浪费真是让人触目惊心啊！就拿我们平时最注重的知识文化来说，一些人也是只管占有而不是用心去领悟。古人讲"文以载道"，博大精深的诗文、建筑、陶瓷，往往都是在沉下心来、在没有强烈的经济意识和时间压力情况下的精神创造，而现在的文学作品千篇一律，多是匪夷所思的粗制滥造，更甭提什么人文情怀、自我创新了。

文化是一种高贵的精神气质，如果文化的精神被商业利益所绑架，或者被技术技能覆盖代替，文化的生命力将不复存在。从这个角度看，文化是民族之根、国家之魂，更是人类的精神家园。曾经有人提出，十九世纪靠军事改变世界，二十世纪靠经济改变世界，二十一世纪靠文化改变世界。在全球化的条件下，文化作为软实力，在综合国力竞争中的地位作用更加凸显，只有拥有领先世界的先进文化，才能提高核心竞争力，真正站在世界前列。

　　以文化带经济，则文化兴，以经济带文化，则文化亡。文化建设的热潮已经来到，我国的文化建设正进入一个大发展、大繁荣的阶段，在这个实现伟大中国梦的历史时期，我们更需要多些冷思考，多些"隐于内发于外，源于思留于史"的文化产品，切实防止文化的"变味"。

发表于 2018 年第 1 期《群言》

想起小时候的年味儿

偶尔听见远处传来一阵阵噼里啪啦的鞭炮声，忙得没有一点空闲的我，才悠然意识到：哦，又快到春节了。可是，在自己的心里，咋就没有多少要过年的那种兴奋感觉呢！

想起自己小时候过年，虽然家里的经济条件不太好，吃喝穿戴也不能同现在相比。可过年的那种兴奋劲儿，别提有多高涨了。而且，那时候过年的年味儿，至今想想，都感觉意犹未尽、回味无穷……

小时候过年，我最喜欢的就是放鞭炮。因为那时候家里生活不算宽裕，就连基本的吃喝都得盘算着，父母恨不得一分钱掰成两半花，哪有多少闲钱来买更多的鞭炮呢！一般也就是几个挂鞭，外加几捆"二踢脚"，那就算不错了。不像现在，想买啥样的鞭炮就买啥样的鞭炮，想放多少鞭炮就放多少鞭炮，只要你喜欢就行，套用一句台词来说：咱不差钱。小时候，放"二踢脚"怕有危险，我就只能放放鞭炮。不过，有时候一大串鞭炮一点着，不消半分钟就放完了，真是觉得有些不过瘾。因此，有时候趁大人们不注意，自己就偷偷把没放的鞭炮悄悄拆成一个一个的，装了满满一大口袋，然后找来几根玉米秸秆，掰下最上面的细长部分，在炉火里点燃，趁着玉米秸秆的火星儿一点，然后赶紧往空中一扔，只听见"啪"的一声，还有一股烟儿徐徐飘向空中。就这样，一个一个鞭炮地放，原本半分钟就放完了的鞭炮，我却可以足足放到天黑，真是过足了鞭炮瘾。

那个时候，实在是一个物资匮乏的年代。因此，每逢过年，我最盼望的就是能有一身新衣服穿，能吃上香喷喷的肉馅饺子，能得到一些压岁钱。

每每快要过年的时候，妈妈都会提前给我置备一套新衣服。可不管我怎么软磨硬泡，妈妈就是不同意我提前穿，只说这是新年的衣服，等到过年的时候才能穿。左看着右摸着那近在眼前的新衣服，我心里只有无奈。好在春节马上就要到了，虽然心里有一百个不情愿，却也拧不过大人的硬性要求，只能掰着指头数着日子过，就跟现如今高考倒计时一样，不停盘算着还有多少天，我就可以穿上新衣服了。有时候，就连做梦都能梦到自己已经穿上新年的衣服了，直到傻呵呵地笑醒，弄得大人们时常对我说：咋，小家伙又做啥美梦了？

至于说起收压岁钱，那可不能跟今天的孩子比。那时候的压岁钱少得真是可怜，少的一两块钱，多的三五块钱。不过，即便这样，也足以让我很高兴了。过年的几天里，不时数着自己收了多少多少压岁钱。虽然总共加起来也没有几块钱，却也不知道自己应该买什么，其实心里也舍不得买。开始的时候，小心翼翼地揣在口袋里，后来就把钱悄悄地放在只有自己知道的地方。有时候放在炕席底下，有时候放在墙缝里……生怕一不小心就弄丢了。

当然，更值得说的就是过年包饺子吃年夜饭了。全家人一起包饺子，我就在旁边捣乱，因为我在家里排行最小。有时候也学着大人的模样包饺子，饺子七斜八歪地没包几个，却弄得脸上、身上到处都是面，搞得大人们看着都笑得合不拢嘴，直嗔怪我是个馋嘴的"小花猫"。现如今的年夜饭，大家很少在家吃了，都提前在饭店、酒店订年夜饭。虽然这样吃年夜饭省去了做饭洗碗的麻烦，却没有了小时候一家人挤在家里，一边看春晚一边包饺子的热闹感觉了！

其实，要说现在过年跟小时候比也没啥大变化，无非也是放鞭炮、贴春联、挂灯笼、办年货、祭灶王、拜祖先、吃团圆饭、守岁、逛庙会、看社戏、穿红戴绿……有人之所以感觉"年味儿"淡了，与其说是时代变了，不如说是人们的感觉变了。我想，只要心中依然有感觉，"年味儿"自然就有了。

发表于 2014 年 2 月 21 日《语言文字报》

宽容的力量

　　说起姬侨，或许许多人不太熟悉。但是一提到子产，知晓历史的人肯定会马上想到大名鼎鼎的"子产改革"。除了"铸刑鼎"这一被人熟知的标志性改革事件之外，子产在改革中不回避争议、不压制争议，也不惧怕争议的胆量和气魄，给世人留下了深刻的印象，也给后来的改革者树立了学习的标杆。

　　子产为了改变因循守旧的郑国，大胆迎着争议往前走，敢于担当。即便遭到一些人的咒骂，乃至人身威胁，也在所不惜。当时郑国广为流传着一个凶险的传言，用现在的话来说，就是网上、民间流行的段子：取了我的田地重新划界，取了我的衣冠给藏起来，谁能够杀了子产，我一定跟他在一起！这话够雷人、够有威胁性吧！换作一般人，也许早就吓得不得了了。也就是在这样形势非常严峻的情况下，郑国一位名叫丰卷的大夫，打算祭祀，要求去狩猎，子产没有批准。丰卷感觉面子过不去了，立刻纠集自己的势力，要以武力进行"火拼"。子产预先知道了情况，为了国家的利益，主动提出辞职，声明要离开郑国，表示自己不迷恋权位。后来由于一位最有实力的人物罕氏子皮的强力支持，丰卷被驱逐出国，子产官复原职。让人惊讶的是，对于丰卷如此的挑衅行为，子产却"以德报怨"，下令保存丰卷的田产，三年后召回丰卷，并将田产以及三年的收入一并归还给他。子产的宽容，为他赢得了更多人的拥护，改革起来更加顺利了，内政外交都大踏步地往前发展。这下，先前威胁性的段子，摇身变成了赞歌：我有子弟，子产给他们以教诲。我有田地，子产想办法让地里丰收。子产死了，谁来继承他的德政呢？可见，子产的政绩，已经深深印在了郑国很多人的心里。这不能不说与他伟大的宽容，有着非常重要的关系。

子产不但改革创新、锐意进取，更为后人称道的是，作为改革家的子产，非常支持舆论监督，不干涉舆论对朝廷的批评，在相对野蛮残暴的春秋时期，可谓绝无仅有。

那时候，郑国人有个习惯，父老乡亲喜欢到乡里的学校扎堆聊天、议论时事。其实，就如同现在的人聚在村口或者私人聚会时，谈论国家大事一样。既然是议论，就会有赞扬，更会有批评，尤其是对于子产的改革举措的批评。对此，当时有个叫然明的官员听到乡校里的批评意见后，很是恼怒，遂向子产提出要把乡校封闭或者毁掉的建议。他认为子产既然要实行猛政，对于反对自己的人自然用不着客气。可是，子产一席话，却让他大吃一惊：老百姓议论国家大事，那是关心国家；老百姓称赞什么，我们就应该去做；老百姓批评什么，我们就需要尽快改正。其实，子产的意思就是，良药苦口利于病，面对批评的声音，因势利导远比一味死堵要好得多。既实行猛政，就得容得下不同意见的批评，对于宽严相济的火候，子产把握得很是恰当。难怪在乱糟糟的春秋时期，他能够开创一个那么好的局面。要知道，历史上能够真正像子产那样，对待批评做到宽容的人可不多。哪怕一些文采熠熠、留名千古的大家，有时候也是狂妄自大，听不得别人半点批评，刻薄时常有之，口出恶言，肆意辱骂，让人一时很难想象这样有知识的人竟能说出如此没有教养的话。

古人讲，"兼听则明，偏信则暗"。从这个角度来看，宽容就是一种兼听，一种心平气和接受不同意见的胸怀和气度。尤其是在我们实现中国梦的伟大征程中，在努力建设政治文明的过程中，传承宽容，以人为本，不断汲取历史上我们悠久的丰厚资源，肯定能够在大刀阔斧改革之际，给我们的社会进步带来一股股清新而无穷的力量！

发表于 2018 年 6 月 26 日《北京日报》

随缘心语

三分钟的心灵洗礼

历史永远定格在公元 2008 年 5 月 19 日 14 时 28 分，因为，从这一刻起，举国上下，所有的国人正在为四川汶川大地震的遇难同胞默哀三分钟。作为一名基层教师，我与全校千余名师生共同经历了这庄重而严肃的三分钟。回望刚刚发生的彼情彼景，我颤动的心如波澜之水，久久不能平静。

三分钟的默哀，显现出了对生命的无比尊重。自灾难发生，仅仅截至 5 月 18 日 14 时，汶川大地震就已经夺去了 32477 名骨肉同胞的鲜活生命。为此，我们无法不悲伤，我们无法不落泪。不过，为自然灾害中遇难的普通百姓设立全国性的哀悼日，这在我们共和国成立的五十多年的历史上还是破天荒的头一次。可以说，设立哀悼日、默哀三分钟，不仅顺民心应民意，更是一种践行"以人为本"理念的生动体现。在默哀的三分钟里，我仿佛又看到了地动山摇的汶川，我仿佛又看到了遍布瓦砾的灾区，我仿佛又看到了从废墟里被抬出的兄弟姐妹，他们有的伤痕累累，有的却永远离开了我们。为了逝去的生命，为了永别的同胞，我们默哀，我们哭泣，我们的心在默哀与哭泣之中，在震撼与敲击之中，真正感受到了一次生命无价的心灵洗礼！

三分钟的默哀，凸显出了血浓于水的民族真情。生命只有一次，每一个人的生命都值得我们格外珍惜。何况，离我们而去的是三万多名亲人啊！天灾无情人有情，风雨同舟共患难。灾难面前，民族的骨肉真情再次被点燃，犹如奥运圣火，顿时席卷了长城内外、白山黑水。在默哀的三分钟里，我不由得想起了全国各地群众踊跃献血的场景；不由得想起了全国各地迅速展开的捐助活动；不由得想起了各地报名参加志愿救灾的人们。为了逝去的生命，为了永别的同胞，我们默哀，我们哭泣，我们的心在默哀与哭泣之中，在震撼与敲击之中，真正感受到了一次血浓于水的心灵洗礼！

三分钟的默哀，展示了我们抗震救灾的团结信念。不放弃，不抛弃，只要有一丝的希望，我们就要作一百分的努力。救援的人们在用自己的双手寻找生命的痕迹，无法前去一线的更多民众也在用自己的方式表达与灾区人们同在一起的心迹。默哀，或许正是这样一种让我们所有人团结一心的精神力量。在默哀的三分钟里，我再一次真切地感受到了人民子弟兵的真情厚意，再次感受到了全体救援人员敢于拼搏、不怕牺牲的崇高精神，更再次感受到了全国人民众志成城、抗震救灾的无比强大的力量。为了逝去的生命，为了永别的同胞们，我们默哀，我们哭泣，我们的心在默哀与哭泣之中，在震撼与敲击之中，真正感受到了一方有难、八方支援的心灵洗礼！

三分钟的默哀，我们止不住泪水的夺眶而出，我们更止不住心痛的丝丝颤抖。

三分钟的哀悼，我们虽然无法抹去沉痛的记忆，但是我们更无法忘怀亿万同胞的真情互助。

哀悼，绝不仅仅是下半旗，绝不仅仅是片刻的沉默。默哀，也绝不仅仅是沉思，绝不仅仅是痛苦的追忆。因为，我们哀悼，让我们懂得尊重生命比生命本身更重要；因为，我们默哀，让我们懂得团结一心就是一股压不垮的坚强力量！

发表于 2008 年 5 月 24 日《京郊日报》

别让孝心等待

大街上，人来人往，这时候正好是下班的时间，每个人都行色匆匆。忽然，乌云密布，豆大的雨点铺天盖地般地洒来，街上的人群顿时慌忙起来。不经意间，一对母子撑着一张大伞的画面映入了我的眼帘：那位妈妈为了孩子不被淋着，不知什么时候开始，多半个伞已经悄然移到了孩子的身上，孩子一点也没有受到雨的侵袭，而那位妈妈，一半身子早已经被雨水打湿了！

不知怎么，我顿时有了种异样的感觉，心头陡然升起一股贯穿全身的暖流。因为，那对母子的镜头让我自然而然想起了我的妈妈。

细细想起来，我真的感觉到妈妈的爱似乎一直伴随着我左右。三十几年一路走来，虽然世间的风雨让我经历了不少人情冷暖，却从未让我感到有什么难以言表的艰辛。仔细琢磨，原来都是缘于妈妈那无微不至的从不间断的关爱。正是有了这份幸福和满足，固然经历一些苦和痛，心里却也总是快乐的。因为，无论在什么时候，无论遇到什么困难，总有一个人默默为我撑起一片宁静的港湾，予我温暖、给我慰藉。

我1994年考取师范大学，那是我第一次真正意义上离开自己熟悉的家，离开时常把我当作长不大的小孩的老妈。说实在的，我感觉真是有种无法形容的快乐，面对外面的大千世界，强烈的好奇心让我丝毫没有注意到妈妈那份深沉的爱。在最开始，我总是每周末回家一趟，妈妈总是忙上忙下地早早准备好一桌"美味佳肴"，看着我狼吞虎咽吃个够。她脸上露出的那种满足的笑容，就好似她自己吃了蜜一般甜。假如我捎带着说说饭菜如何如何可口，那她就更乐得合不拢嘴了。虽说我已经长大了，可是在我周日下午返校的时候，她总是不顾自己疲惫的身躯，坚持要送我到车站，目送我登上远行的汽车。看着母亲不放心的样子，坐在车上的我总有点儿觉得妈妈真是太多虑了，怎么总拿我当孩子来看待呢！

几年后，我毕业了，工作了，随后也成家了，不知道怎么回家的次数就变得少了。有时候自己倒没觉得，可是每次回到家，妈妈总是对我说，外面工作紧张，要自己照顾好自己，如果有时间的话就回来看看。有时候，无奈的我总是推托工作太忙，来掩饰自己的尴尬。其实，我也很想为妈妈做些什么，以报答妈妈给予我的那份无私的母爱。虽然我也时不时给母亲捎回点东西、给一些钱，但总是觉得心有余而力不足，日久天长，就变成一种深深的愧疚。

忽然有一天，风尘仆仆的母亲来到了我城里的小家，手里提着的大包小包装满了各式各样妈妈自己种的瓜果蔬菜。看着母亲满身的疲惫与一脸的欢喜，我的鼻子骤然酸溜溜的，看着妈妈头上日渐增多的白发，我眼眶里潮乎乎的，一股莫名的激动涌上心头，犹如阵阵涟漪扑打着。我的心猛然惊醒，其实，我应该给妈妈的，绝不仅仅是给她买什么吃的喝的用的，而是时常要让她感觉到我对她的关心和惦念。

生活似流水般悄然走过。每当过节不能回家的时候，脑海里常常浮现出妈妈曾经年轻而慈祥的笑脸。原来，是对我的关爱与牵挂才逐渐地让妈妈过早地衰老。妈妈把满身心的爱都给了我，却很少留给自己。在这一次目送妈妈回老家时，忽然有一个念头不断敲打着我的心：不管以后有多忙，不管以后有多少理由，我都要多回家看看，看看给了我无限关爱的母亲，哪怕只是一句问候，哪怕只是匆匆而回而又匆匆而去。我要从现在就开始，让妈妈也能够感觉到幸福快乐，而不是等到最后才幡然醒悟。

因为，我不想留下一生悔悟的遗憾，更因为，孝心不容我再去等待！

发表于 2009 年 2 月 1 日《京郊日报》

说出对父亲的爱

记得前不久母亲节的时候，闺女特意给妻子买来一枝康乃馨，还凑在妻子脸颊亲了一口说："祝妈妈母亲节快乐！妈妈，我爱你！"弄得妻子喜上眉梢，笑得合不拢嘴。而我却不以为意，现在这些孩子尽搞这些花里胡哨的。闺女看我一脸的不屑，俏皮地说："爸爸，别着急，等你过父亲节的时候，我也会给你买礼物！"

其实，我可不在乎闺女给我买什么礼物，更别说给我说上一些什么"我爱你"那肉麻酥酥的话。只要孩子快乐健康成长，比什么都强，比什么都好。不过，孩子不经意的话语，却让我不由自主地想起了我的父亲。这不，眼看父亲节就要到了，我怎么来表示对父亲的爱呢！一个电话、一点礼品……说实话，多少年了，要不是闺女的提醒，我一直都没有注意到还有一个父亲节，更别提对父亲说些什么、表示些什么了。

在我的印象里，父亲只是瘦削的脸庞、高大的身躯，一双粗糙有力的大手，他平日里寡言少语，我好像从没见父亲温存的模样，所以，从小我和父亲就没有什么过于亲密的举动。即便如此，我心底里还是理解父亲的，深深知道这几十年来父亲为了家、为了我们，付出了多少艰辛和汗水。为了让家里生活得更好，为了我和哥哥，刚刚改革开放时，已近不惑之年的父亲毅然外出当学徒打工，克服了许多困难，硬是跟着比自己小十多岁的师傅拿下了架子工证。为了多挣几个钱，为了家里的生活不再那么紧巴巴的，他风吹日晒、登高爬梯。那些带刺的杉篙、滚烫的铁管，想想就知道父亲有多么不易。正是父亲的辛勤劳作，一点点地攒下了木料、砖石，盖起了崭新的大瓦房。如今，我们都有了工作，生活也还算富足，父亲的两鬓却悄然生出了丝丝白发，沟沟壑壑的皱纹述说着岁月带来的苍老。

正如刘和刚那首《父亲》中唱的那样："想想您的背影，我感受了坚韧，抚摸您的双手，我摸到了艰辛，不知不觉您鬓角露了白发，不声不响您眼角上添了皱纹，我的老父亲，我最疼爱的人……"别再犹豫，大声说出对父亲的爱吧！别再让孝心等待，别再让对父亲的爱仅仅停留在心头！

发表于 2012 年 6 月 15 日《京郊日报》

感念师恩

　　说起我的启蒙老师，和我们家还真有渊源。老师姓袁，就在我们邻近村居住。更为特殊的是，袁老师是我爸爸、我哥哥和我共同的老师。袁老师刚从师范毕业分配到我们村小学教书时，赶上教我爸爸。过了二十多年，又赶上教我们兄弟俩。正由于这层特殊关系，在听说下一年袁老师要教我时，我兴奋得一夜都没睡好，缠着爸爸、哥哥给我讲一讲袁老师：她究竟是一个啥样的老师？要求严格吗？会打骂学生吗？当听说袁老师是一个和蔼可亲的女老师之后，我一颗悬着的心悄然落了地，转而又盼望着暑假快点结束，我要看一看爸爸哥哥眼中的好老师究竟是什么样儿？

　　长长的暑假宣告结束。久盼上学的我，就像忐忑的小鸟，早晨随便吃了几口饭，背着书包早早地奔向学校。果然，在三年级教室里，其他学生还没到，我只看到了正在忙着扫地、洒水的袁老师。"老师好！"头一次看到新老师，怯怯的我有点心虚。袁老师冲我一笑："赶紧找座位先坐下吧！"听了老师亲切的话语，我心里的胆怯顿时消掉了一半。看到忙得直出汗的袁老师，我赶紧抢过老师手里的水壶，说："我来洒水吧！"就这样，袁老师一边擦着桌子，一边和我聊起了家常。当听说我是谁谁家的孩子时候，更是会心地笑了，勉励我一定要好好学习，"别给你爸爸丢脸"。就这样，我轻松度过了开学后的第一天。

　　小孩子终归是小孩子。当时的我天真幼稚，心想袁老师连我爸爸、哥哥都教过，如果我要是哪些地方做得不够好，总会睁一只眼闭一只眼吧！可是后来发生了一件事儿，让我知道袁老师的一丝不苟了。那次我周末太贪玩，竟然忘记了做作业。爸爸晚上问我时，我说老师根本没有留。第二天袁老师问我怎么没交作业？我顺嘴就编了个瞎话，脸不红心不跳地说："作业写完忘家里了，明天我一定带来！"袁老师半信半疑，但还是说："明天一定带来交给我，下次可要注意啊！"看到老师低头继续判作业，我悬着的心才落了地。

　　谁知，下周班会课正好开新学期家长会，本以为没啥事儿的我回到家，看到爸爸阴沉的脸，顿感暴风骤雨黑云压城似的恐惧：出啥事儿了？我没有拆人家墙头啊！更没有撵人家的鸡、折人家的树枝啊！难道是上次……我的心七上八下。我被一番盘问，我终于承认了自己说谎骗老师的经过，心想这回可要挨一回饱打了。没承想，脾气暴躁的爸爸一反常态，压住内心怒火，缓缓说道："下次注意了，记着一定按时完成作业。"当时我就纳闷爸爸和气的态度。直到过了一段时间，爸爸才不经意地告诉我："袁老师早知道你那天没做作业，但是没有直接揭穿你。只是告诉我平时一定要检查督促你完成作业。并且一再叮嘱我，不要回家打孩子。要不是看着袁老师的面子，看我不打烂你的屁股才怪。"

经过这么一件事儿后，我再也不敢贪玩儿了，每次都是按时完成作业，学习成绩节节攀升。说真的，我打心眼儿里尊敬并感谢袁老师，不但没有让我当场下不了台，还保护我幼小的心灵不受到一丝一毫的伤害。

直至今日，为师多年的我，才真正理解了袁老师的良苦用心：作为老师，理解孩子，尊重孩子，严格要求孩子，才能让孩子健康茁壮成长。我真庆幸儿时遇到这样一位懂教育的好老师。袁老师一切为了孩子的成长教育理念，也早已根植在我的教育实践中。

感念师恩，感念袁老师带给我一生享用不尽的心灵财富。

发表于 2012 年 7 月 11 日《京郊日报》

幸福的千纸鹤

闺女刚读小学四年级，是个说大不大、说小不小的年龄，挺懂事儿的，因为至少这么多年来，还没有给我捅出难以收拾的娄子来。比起我小时候来，应该算是乖孩子了。我小时候可是个没少给父母惹麻烦的主儿，常常弄得父母给人家赔不是。现在想来，自己都觉得有点不好意思，只能冠之以"小时候不懂事儿"揶揄罢了。

不过，扯这些还不是我最想说的。闺女有一个优点最让我佩服：能记住家里所有人的生日。提起爷爷、奶奶、姥姥、姥爷，更甭提我们一家三口的生日，那是如数家珍，张口就来。有时候连我都忘了家人的生日，还多亏闺女的提醒，才不至于忘了给家人及时送上生日的祝福。有时候我就在想：我还真得向闺女学习呢，一个人如果连自己身边亲人的生日都不记得，还奢谈什么孝敬父母？还枉谈什么亲情友爱呢！

记得有一次，我好奇地问闺女："你怎么对咱们家里人的生日记得这么牢呢？"我本以为闺女会说出啥"冠冕堂皇"让我感动的话来，没想到不谙世事的闺女不假思索地脱口而出："因为不管你们谁过生日，我都可以吃上香甜的蛋糕啊！"弄得我哭笑不得。孩子就是孩子。天真无邪，直话直说，想必是每一个孩子的天性。

这不，今年又到了我和媳妇的生日（说来大家或许不信，我和我媳妇的生日是同月同日，但不同年），所以闺女记得特别牢。提前好些天就嚷嚷又要过生日了。我笑呵呵地对她说："放心吧，闺女，一定买一个大蛋糕，让你吃个够！"没想到闺女一反常态，扮了个鬼脸冲我嗔怪道："哼，别总拿老眼光看人！"转身一走，俨然一个小大人的样子。

到了过生日这天，媳妇一大早就去蛋糕房订了一个水果味的大蛋糕。晚上，全家人坐在一起，点起了生日蜡烛，唱起了生日歌，一家人别提有多温馨了。按照往年的规矩，接下来可就是闺女最盼望的事情——分蛋糕、吃蛋糕了！想想每年过生日闺女吃蛋糕的样子，我都记忆犹新。可是，在我和媳妇各自许了愿、吹灭了蜡烛后，闺女却没有像往年那样心急火燎地分吃蛋糕，而是神秘地请我俩静静坐好，然后拿出两样东西分别递给我们。我和媳妇慢慢打开闺女亲手制成的贺卡，不由自主地小声读了出来："妈妈，我长大了，以后我会孝敬您的，我还为你准备了生日礼物，希望您越来越漂亮，身体健康，天天快乐！""爸爸，我祝您生日 Happy！人们常说，过一次生日就长大一岁，我知道您又老了一岁，但是您在我心目中又年轻了一岁！因为，我长大了，懂事儿了！"

我们俩读完闺女的祝福语，闺女从背后又拿出来两串五颜六色的"千纸鹤"来，一串三十七只，一串三十八只，整整七十五只色彩斑斓的千纸鹤，正好是我们俩今年的年龄总和。看着闺女出奇的举动，我和媳妇感动了，就连我这个平时最不善于表达感情的人，也不由地从心底泛起甜蜜的幸福感：我们可爱的闺女，真的已经长大了！

　　看着卧室吊灯上挂着的时而摇曳、时而旋转的七十五只千纸鹤，我和媳妇只有一句话想说："今生有此女，夫复何求！"说实话，虽然今年的生日已经过去几天了，可那种幸福感似乎如影随形，久久洋溢在我的心中！

发表于 2012 年 7 月 13 日《京郊日报》

飘逝的黄围巾

好久没整理杂物了，一时心血来潮，翻箱倒柜地收拾起来。就在我上下翻腾间，从废旧的书里散落出一张发黄的旧照片来，仔细一看，原来是我念师范时的留影，本想一扔了之，忽然照片里我围着的那一抹黄色的围巾，映入了我的眼帘，不觉心头一动，往事竟然呼啦啦如蒙太奇般在我的眼前飞掠……

那年冬天，真是出奇的冷，看着周围不少的同学都围起了各式各样的围巾，我心里好是羡慕。有时候真想冲动地到城里的市场买上一条，不过，听说价格怎么着也在十几块钱，摸摸瘪瘪的口袋，这样的念头一次次升起，又一次次被我无情掐灭：冷就冷点儿吧！反正也冻不死人，还是吃饭要紧。

真是屋漏偏逢连夜雨。正是寒冬腊月的天，忽然间我们男生宿舍里的暖气坏了，听宿管老师说，得好几天才能修好。这么冷的天，怎么过啊！本来有暖气时一席棉被还能凑和着，如今暖气一停，自然那是冰冷冰冷的。无奈家里离学校五六十里地远，只能等到周末才能回家取棉被。

屋里冷，出去更冷。没想到，就在停暖气第二天，晚自习快要下课的时候，一只细腻的手轻轻拍了拍我的后背，我还没来得及反应，就只见一张纸条传了过来：我那正好有一床多余的被子，待会儿我回去给你送过来。正当我不好意思想拒绝的时候，下课铃响起来，同学们迅即收拾好东西冲出了教室，我只恍惚看见仙儿回头对我嫣然一笑。

我本以为这是个玩笑，没想到回到宿舍没一会儿，仙儿竟然抱着被子来到了我的宿舍门前，我傻傻地竟然站着愣了半天，她倒是很干脆利落说："赶紧拿这被子压压脚，别冻着了！""那，那，那你怎么办啊？"接过带着淡淡清香的被子，我不知怎么变成了结巴。"我那儿还有一床呢！再说我们女生宿舍有暖气，冻不着的。"仙儿转身就要走，不知宿舍里哪个不知轻重的小子瞎起哄："咋不给我送一被子来呢！要送，就顺便再给他送个围巾吧！你看他回家骑车吹风，更冷！"谁承想，仙儿根本没接茬儿，挥挥手就走了，弄得宿舍哥儿几个一脸的失望，好像比我还失望。

就跟没事儿一样，我忐忑地过了两天，暖气修好了。更让我没想到的是，就在我不好意思地把被子送还给她的时候，她忽然从背后拿出了一条大约有八十多厘米长的黄色围巾来，硬生生塞给我。拿着柔软光滑的黄色毛线织就的围巾，我心里顿时升腾起一股股暖流。事后我才从她的舍友那里知道，为了周末我回家能围上围巾，仙儿竟然加班加点，就连中午晚上休息的时间都搭了进去。就这样，在那个寒冷的冬天，不论风有多大，围在我脖子上的黄色围巾一直温暖着我的心田，伴我度过了那段温馨难忘的师范生活。自然，我们也懵懵懂懂拥有了一份学生时代的纯真感情。

甜蜜的生活似乎总是短暂的。转眼已经到了各奔东西的毕业时光，她被分配到离城区不远的一所村小学任教，我则被保送到首师大继续进修。虽然天各一方，但是我始终觉得，只要我们心里没有距离，我们终究会有再次相聚的时候。深深记得那时我们曾经依依不舍，深深记得那时我们曾经海誓山盟。要放第一个寒假的时候，不顾寒风刺骨，我骑着单车来到她所任教的小学校找她，不到半年，她竟然好像变了一个人，再也没有了往日的温柔与体贴，甚至连问候我一句累不累、冷不冷都没有，冷若冰霜地没说上多少话，一句"我还有课"就把我打发了。很是无奈的我带着失落的心情，顺着来时的路，慢腾腾地踩着单车返回，来时仅仅一个半小时的路程，竟然用了四个多小时。

没过多久，一封暗含分手意思的信就握在了我手里。我抑制不住伤心，发疯似的跑到自己儿时玩耍的村边荒原上，泪水哗哗地流在了依然带着体温的那条黄围巾上。不知哪里来的冲动，我一下子抽出脖子上的围巾，不顾一切地扔下了土崖，顺着冷冷的寒风，黄围巾渐渐飘逝在远方。从此，承载着我心灵寄托的那条黄围巾，在我的世界里彻底消失了，无影无踪。

时至今日，感受过生活沧桑的我已经明白，我不该丢弃那条黄围巾。因为，那是我曾经纯真的记忆，即便有些青涩，也是我永久不能忘却的。正如三毛曾说："感谢你赠我一场空欢喜，我们有过的美好回忆，让泪水染得模糊不清了。偶尔想起，记忆犹新，就像当初，我爱你，没有什么目的，只是爱你。"

现在，我只想说的是，不论仙儿在哪里，无论她还记得记不得我，曾经的那个飞扬年代、曾经的仙儿带给我的温暖，都是一笔丰厚的心灵财富，我将默默牢记在我的心间。

发表于 2013 年 5 月 24 日《京郊日报》

我的"玫瑰之约"

看着江苏卫视《非诚勿扰》的节目，听着男女嘉宾你来我往的一言一语，我兴味十足，久看不厌，弄得媳妇在旁边俏皮地揶揄着："都这么大岁数了，咋还看相亲类的节目啊！"我不无感慨地说道："我挺喜欢的呀，难道你忘了咱俩是怎么相识的了吗？"

说起来，我和媳妇的相识，倒还真的与这些相亲类的活动有些关联。不过，我们可没有去过那么远的地方参加什么大型相亲活动，只是有幸参加了那年我们这里区工会第一次组织各单位单身青年的一个类似当年湖南卫视"玫瑰之约"的见面会。

记得那是在1999年的初冬吧！单位里的老师推荐我参加这个活动，我很不好意思，要知道那时候参加这样的相亲类活动还不像现在这么普遍。虽然，经过媒人介绍的单独的相亲我也经历过几次，但是诸如这样范围比较大一些的集体相亲活动，在我们这个小城是破天荒头一次，多多少少都让人有些难为情：去吧，好像自己找不着对象似的！不去吧，实在怕驳了热心老师的一番热情。一直到最后一天报名要截止了，在热心老师的一再动员与催促下，我盛情难却，想想也无所谓，没偷没抢，没啥寒碜的，才硬着头皮参加了那次"玫瑰之约"相亲活动。

不知道咋回事儿，本来就胆小心虚，活动组织方还把我安排成了男一号。主持人让我做自我介绍时，自己没有什么心理准备，脑袋一片空白，实在不知道说啥好，只好支支吾吾用一句"我还没有准备好，先让别人说"勉强搪塞过去。正是这样，我成了最后一个自我介绍的男士。不过，好像就在我红着脸搪塞的时候，对面一个穿着黑色呢子大衣的女孩，似笑非笑地看着我，弄得我丢死人了，恨不得立即有条地缝，赶紧钻进去得了。

这样尴尬的展示，没想到竟然成全了我，就是这个看我傻傻样子而偷笑的女孩，和我互选成功了。而且，竟然是当场相亲活动派对成功的唯一一对。直到后来，媳妇还偶尔取笑我说，就是当时看我尴尬、憨憨的样子，才断定我是一个老实人的，这样的人踏实，没有啥花花肠子，所以一眼就相中了我。而我，恰恰因为近视眼，远处的人根本没看清楚，紧张得也羞于看，只觉得斜对面的这个女孩无论从各方面条件来看，都还比较符合自己的标准，也就狠下心试了试运气。没想到，真是天公作美，歪打正着让我捡了个媳妇回来。

经过一段时间的相互了解，第二年晚秋，我们步入了婚姻的殿堂。婚后的日子虽然少不了一些磕磕绊绊，但总体上我们还是能够相互体谅，日子也慢慢红火起来。

应该说，如果没有那次无奈参加的"玫瑰之约"，或许我和媳妇根本不会相识，更不会恋爱结婚。因此，话说回来，我还真得感谢当时的热心人。

发表于 2013 年 7 月 5 日《京郊日报》

难忘那年中秋

　　每逢佳节倍思亲。眼看着今年的中秋日益临近，不由得想起前年父亲还健在的时候，我们一家人相聚在一起，其乐无穷过中秋的幸福时光……

　　我工作居住的小城距离父母家虽不是太远，但每年中秋的时候，往往因为工作上的种种安排，一家人总也凑不齐。这么多年来，要么提前拿回去点钱物，要么匆匆忙忙吃顿午饭，我们一家三口好像就没有陪父母过一个完完整整的中秋佳节。在前年中秋节的前夕，我的内心里好像总有一种莫名的东西在涌动，在不断敲打着我敏感的心绪，强烈的心语在我耳边回响：无论如何，今年的中秋节我们一家三口一定要和父母在一起。

　　妻子很心细，把要买的东西都记在了一张便笺上，然后我们就按图索骥去市场采购。买齐了需要的食材，我们驱车直奔父母家……远远看见熟悉的村庄、熟悉的门楼、袅袅的炊烟，一种久违的情愫顿时溢满心头：我又回到了生我养我的家！

父亲那时身体不太好，母亲忙于照料父亲，也是消瘦了不少，让我看着着实有些心酸与心疼，但我不是一个善于表达的人，只想多为父母做些什么才好。因此，回家前我们就商量好，以前过中秋节都是母亲张罗饭菜，我们只是带着一张嘴，这一次的中秋节，我们要为父母张罗一桌饭菜，让操劳一辈子的父母小憩一下，让他们真真切切感受到儿女真的是长大了，能照顾他们了。

　　看到一家三口齐刷刷地出现在他们跟前，即便是身体有病、平时不苟言笑的父亲也是少有的兴奋。是呀，有什么能比儿孙满堂的膝下之乐更能让父母心生愉悦呢！他一边关切地询问我，一边已经开始了忙活。要说闺女真是长大了，早已经不是以前只顾捣乱的调皮孩子，主动择菜、洗菜。妻子立马系上了围裙，叮叮当当地忙了起来。我负责洗碗，暂时只能给她们打下手。母亲于心不忍，自己也非要去忙活。拗不过倔强的母亲，我只好撤下来，陪父亲聊聊天、唠唠嗑儿，说说最近的生活，聊聊父亲的近况。在我的宽慰之下，父亲好像心情也好了不少，虽然不时有些咳嗽，但是谈话兴趣甚浓，有时候说到感触深的时候，父亲竟滔滔不绝，让我吃惊。久病在床的父亲其实多么需要儿女的陪伴啊！虽然那一年回去的次数比往年多了不少，可毕竟不是每天陪伴在父亲身边，父亲不知道有多少心里话想着跟儿女们唠呢！

　　晚饭很丰盛，父母很高兴。母亲说，你父亲好久没这么高兴了，全家人围坐在一起，品尝着一桌美味佳肴，推杯换盏不亦乐乎，祥和的韵味充满了这个农家小院。看着日渐升起的一轮明月，我至今还清晰地记得，父亲不断说起我小时候的事情。那时，吃月饼是我最盼望的，每当中秋月圆的时候，母亲都会把苹果、葡萄、月饼摆在小桌上，准备好茶水，说完了祝福的话，便把月饼分到我们每个孩子手中。直到现在，想起小时候的种种情景，依然回味悠长。

岁月的打磨，让父母一天天变老了，白发代替了黑发，清晰的皱纹好像在向我述说往日的艰辛。不知怎么，当时我忽然想为久病的父亲洗一次脚，而一向要强的父亲执意不让，我只好为他打来了洗脚水，看着父亲慢慢地洗着，一双骨瘦如柴的双手早已经没有了自己小时候看到的那么强壮有力。我压抑着眼眶里的泪水，静静地把水端走。心里想着，不知道今后还能为父亲端几次洗脚水，不知道今后还能和父亲过几次中秋节，我不敢想下去，只好抬头看着那天上皎洁的明月发呆，不知怎么，忽然觉得天上的月亮真是格外地圆啊！

虽然父亲已经离我们而去，但彼情彼景，相守在月光下小院的短暂时光，时至今日依旧情意绵长，而那一次全家团聚的中秋佳节，也因为溢满了缕缕温馨而让我至今难以忘怀。

发表于 2013 年 9 月 27 日《京郊日报》

君子之交 淡如书香

　　说起来，早过了感伤的年龄，毕竟已经不再青春年少，可也远没有到怀旧回忆的年华。在这不大不小的青春的尾巴的日子里，蓦然回首，忽而心生荡漾，回想起快二十年的从教生涯，莫名的躁动犹如拦也拦不住的潮水，喷涌而来。

　　就在心底里一阵阵焦虑不安情绪的袭扰下，一个快递包裹悄然放在了我的办公桌前：方方正正，犹如砖块一般，掂掂分量，沉甸甸的。赶忙想打开，没想到包装还挺结实，费了些许的力气才总算看到了庐山真面目。原来是厚厚的三本书，一蓝一黄一绿，还塑封着，显得干净利落大方，一看书的题目，就让我甚是欢喜：《岁月静好，现世安稳》《你若安好，便是晴天》《因为懂得，所以慈悲》。多么富有诗意的名字，想必书的内容肯定也不错，好在我还没有陷入激动的心情无法自拔，转念一想：没记得自己买书啊！可一看包裹单，没错儿，写的的确是自己的大名，这究竟是怎么一回事儿呢？一时间，我还真有些丈二和尚摸不着头脑了！

正当我百思不得其解的时候，悠扬的手机铃声响了起来，我立马接听起来：给你寄送的书，应该收到了吧！这是我送给你的教师节礼物。原来是曾经的好同事，他刚刚从我们这里调走，没想到他离开后的第一个教师节，他心里还惦记着我，知道我喜欢文字、喜欢"码字"、对书情有独钟就送书给我。顿时，我的心不由地起了波澜，人生得一知己足矣。想起我们平时相处，好像总感觉除了工作就是工作，就连坐下来天南海北无所拘束地聊一聊都好像成了一种奢侈，仅有的几次推心置腹，也是让人总有些意犹未尽之感。

一行行清秀的文字映入眼帘：一剪闲云一溪月，一程山水一年华。一世浮生一刹那，一树菩提一烟霞。多么富有诗意的描述，多么朴素无华的文字！清清秀秀的几行字，似乎道尽了生活的真谛，似乎点透了世间的烦恼不过是过眼云烟，实在算不上什么。

记得，曾经读过这样的一句话：眼因多流泪水而益愈清明，心因饱经忧患而益愈温厚。想想曾经的苦闷，想想昔日的无奈，当时真是懵懂无知。现在，随着时光岁月的无情打磨，经历过人生的风风雨雨，才看得开，才想得开。原来，任何事物都会有一个成长成熟的过程，对于人生来说，或许真的要等着岁月的痕迹在脸上留下一条条沟壑，才能体验到古人洪应明"宠辱不惊，闲看庭前花开花落；去留无意，漫随天外云卷云舒"的洒脱。即便那是一个漫长的历程，但也终究是每个人无法逾越的沟沟坎坎；即便中间会经历无数失败的心酸与苦闷，但也终究会有成功的喜悦与清爽让人回味无穷。成长的道路上，或许正是有了这样或那样的良师诤友，才能让人感觉到精神生活的无比充实与满足。

《庄子·山木》中云："且君子之交淡若水，小人之交甘若醴；君子淡以亲，小人甘以绝。"缘古至今，君子之交似乎已是不再复现的古人的专利。世事冷漠，有时候彼此间的情谊往往更多被物质及欲望的东西所替代。人与人之间，到底还有没有真挚的情谊？其实，只要你细心留意，就会发现，君子之交的情谊并没有消失，即使在钢筋丛林的现代社会，依然也存在不带任何功利性的交往。套用一句网络流行语：不管你信不信，反正我是信了！

有时，总有那么一阵感觉精力涣散、烦躁不安，不妨凭窗远望，看白云朵朵悠闲浮过；有时，总有那么几许百无聊赖、萎靡不振，不妨凝神静思，翻几页文字细细品读，忘却心中的烦忧。君子之交的情谊，犹如淡淡的书香，淡然却清新，令人回味无穷！

发表于 2013 年 11 月 15 日《语言文字报》

幸福的婚后趣事

一晃，结婚已经十三年了。早就提前跟媳妇说好了，今年是我俩"花边婚"结婚纪念日，咱们一家三口一定得出去大"撮"一顿，犒劳犒劳一下自己，就别辛苦在家里忙活了。媳妇也欣然同意，就说吃"大户"了，反正有你请客，倒也落个轻省自在。

看着色香味俱佳的美味佳肴，媳妇唏嘘不已，话匣子自然就打开了。说实在话，刚结婚那时候，家里经济情况一度很紧张，工资低且不说，还要尽快还上买房的欠债。不过，媳妇很贤惠，尽量省着花，就衣食住行而言，只能节衣缩食了。民以食为天，媳妇是学医的，所以在吃饭上既要保证营养，同时又要省钱。当然，只有少出去吃饭，多在家里自己动手丰衣足食了。想起当时我俩弄出的笑话来，至今说起来仍然让我们记忆犹新、忍俊不禁。

那时候，单位不管早饭，觉得总是在外边吃，不仅花费高不说，还不太卫生干净。听人说，可以多捏一些饺子速冻起来，然后每天早晨煮一些，既省事儿又方便。于是，我俩吃罢晚饭闲来无事，就和面的和面，剁馅的剁馅，我负责擀皮，媳妇负责包饺子，忙忙活活弄了两大盖帘，正准备往冰箱里放，可盖帘个头比较大，根本放不进去。怎么办呢？这可愁坏了我俩。忽然想起超市里的饺子都是用塑料袋装的，赶紧找来几个塑料袋就往里面装，眼看着一袋袋速冻饺子就弄好了，刚刚迈入婚后生活的我俩顿时就有了成就感，好像眼前就已经浮现出早晨吃着香喷喷的饺子的情景，别提有多高兴了！

没想到的是，过几天我俩想吃饺子的时候，从冰箱里拿出自己制作的速冻饺子，顿时傻了眼，一袋袋的，怎么都成了一个个"坨"啊！掰也掰不开，整个一个大面团！用手抠了抠，也是碎了一盆子，本来圆鼓鼓的饺子成了名副其实的"片儿汤"了！后来才明白，速冻饺子哪里是这么冻的？需要先在冰箱里每个都分开冻好了才能装袋。想想我俩干下的这件傻事儿，说出来真是笑死人了！媳妇却挺乐观，吃一堑长一智，毕竟以前没弄过嘛，没啥大不了的，就当交"学费"了！

这样的事儿不只一件。

冬天到了，老家收获了不少葱，干瘪瘪的，媳妇看电视里介绍说，把这样的葱稍微处理一下，泡点水，很快就能长出绿色的叶子来，听起来很不错。所以媳妇就把刚刚从老家带来的一小捆葱剥去了干枯的外皮，弄一个塑料袋用水浸泡起来。过了几天，总感觉屋里面有一些臭烘烘的气味儿，找了半天却没发现是哪里散发出来的味儿。忽然，看着阳台上泡着的葱，低头一闻，一股刺鼻的味道差点没把我呛晕。原来，罪魁祸首是这个啊！后来才知道，还需要弄点土栽上才可以。媳妇说，楼上没有土，以为用水也就可以了，没想到太阳一晒，反倒把好好的一捆葱全给"报销"了！

　　虽然说，我俩婚后的生活闹出了不少小笑话，却让我们体验到了生活的乐趣。慢慢地，媳妇的厨艺大有长进，这还得感谢这些"可笑"的事情呢！想想看，如果没有发生这些，哪有现在这么引人发笑的生动的记忆呀！每当回忆起婚后生活的点点滴滴，我和媳妇总有一番感慨上心头，说着谈着，也互相更理解了，一些磕磕绊绊的不如意，在谈笑声中，也如逝去的云彩销声匿迹。我们的婚后生活也越来越融洽，我俩也越来越明白了美好生活的不易，更加珍惜、珍重。毕竟，今后无论风雨我们都需要继续往前走，不管遇到什么，只有相互扶携，生活才会更美好。

发表于 2013 年 11 月 15 日《京郊日报》

理　想

　　"长大以后你想做什么？你的理想究竟是什么？"记得小时候，老师曾让大家说说自己的理想。

　　随着时间的推移，好像这个问题早被忘到了脑后。最近，看到一件事，竟然勾起了我对"理想"的思考。

　　湖北广水农村青年甘相伟，来到北京大学成为一名保安。但在他的心中，一直有个作家梦。通过成人高考，他考入北大中文系，成为一名穿着保安服的学生。在保安工作中，爱好写作的甘相伟经常将心得记录下来。后来，《站着上北大》一书面世，北大校长周其凤还专门为他作序。

　　说实话，看到一个工作在保安岗位的小甘，几年来一直坚持用手中的笔记录自己的生活，写打工日记、现代诗和几万字的儿童科幻故事，我的内心充满了敬意与感动。因为这些透出他心血的作品，都源于他对写作的热爱。他把所有的感情、想法都放进自己塑造的文字世界里，他觉得一切都是生机勃勃的。虽然他付出很多，虽然他收获的还太少，可他无怨无悔，而为他提供强大精神支撑的，归根结底都是他对理想的执着追求与热爱。

扪心自问，身处平凡岗位的自己，是否还清晰记得曾经激情四射的理想？在奔波忙碌的生活工作学习中，当初许下的那个理想是否早已经渐行渐远？在涌动的内心中，那些凌云壮志是不是正在渐渐消退？在日复一日的生活和琐碎事务中，在那些恣意享乐的甜美诱惑面前，在遇上一些无法预料和避免的挫折和打击时，那些激情与理想会不会悄然灰飞烟灭？

生活中，总是需要一点儿精神信仰的。在纷繁芜杂的生活中，稍微停下脚步，想想心中曾经拥有的那些渴望与理想，不怨天尤人，不消沉懈怠，不随波逐流，从当下开始，把握自己，心中的理想或许就会如凤凰涅槃般重生！

发表于 2013 年 11 月 20 日《京郊日报》

我家的幸福生活

窗外刮着凛冽的寒风，陪着母亲，我们一家人围坐在炕头上吃着热腾腾的饺子，小酌一番，你一言我一语。

拿母亲的话来说，现在真是赶上好时候了。母亲虽然是个农民，如今每月也能拿上几百块钱养老福利金了。虽说不太多，但也足以解决温饱。这样的事儿，以前哪敢想啊？每当说起这些，母亲的幸福感显露得一览无遗。

每年，我们一家都会旅游，赏美景，领略祖国的大好河山，感受祖国日新月异的变化。长城脚下，有我们不到长城非好汉的倩影；泰山顶上，有我们一览众山小的豪迈；美丽苏杭，有我们品味园林畅游西湖的欢声笑语；蓬莱仙岛，有我们虔诚膜拜的心灵；天涯海角，有我们流连忘返的身影；山西大寨、五台山，有我们的慨叹……每当闲暇时，与母亲一起翻看我们在全国各地旅游的留影，都会让我们再一次回味当时情景，年迈的母亲，似乎也显得年轻了不少。

媳妇平时没有太多爱好，最喜欢琢磨美食。前一段时间火爆大江南北的纪录片《舌尖上的中国》，着实让媳妇当了一回美食"粉丝"，就像时下中学生追星一样，她对《舌尖上的中国》简直到了痴迷的程度。她对北京电视台的《生活一点通》等美食节目更是持续关注。用媳妇的豪言壮语来说，她就是未来的草根美食家。的确，媳妇喜欢美食，也爱给我们做美食：排骨焖饭、酸菜鲤鱼、炸油饼、蒸年糕……变着花样，让我们一家人尝遍了各种各样的味道。全家人一起品着各种美食，不仅经济环保，而且其乐融融，温馨景象谁看了都会羡慕。这不，弄得只要媳妇一出差，孩子都不高兴，不仅是为了那口美食，更是难舍下班后一家人坐下来的幸福时光。

至于我，爱好很多，钓鱼、练书法、读书……最喜欢的就当数写作了，虽然只是业余"涂鸦"，但志向不小，当一名草根作家是我一直以来的梦想。我的梦想就是用键盘敲击出生活、工作、学习中最美丽的瞬间、最动人的情愫。

什么是幸福生活？有人说幸福就是在冬季午后，躺在阳台睡椅上，晒着太阳，看着妈妈腌制泡菜；也有人说幸福就是你远远地看见家中那一团温馨的灯火，你在寒冷的冬日里吃着热气腾腾香气四溢的饭菜。其实幸福就在我们身边，在我们每一天的努力里、每一分钟的爱里、每一秒钟的期待里。和爱人在一起，我很幸福；和朋友在一起，我很幸福；和亲人在一起，我很幸福。在时光的悄然流逝里，热情、温暖、期待、冷漠、悲伤、痛苦……每当我感受到这些，我就很幸福。因为我还健康地活着，感受着生命脉搏的跳动，感受着这个世界奇特美妙的风光……

　　幸福就是一种感觉，幸福就是一种心态。幸福其实很简单，只要你留意，随处都可发现幸福。

发表于 2013 年 12 月 6 日《京郊日报》

舅家之喜

前几天，老家来电话问我：工作忙不忙？如果可能的话，正好舅舅家表弟要结婚，顺便回来一趟！我寻思着，这可是件大喜事儿，再忙也得挤出几天时间带孩子去捧个场。所以，我满口答应：一定赶在正日子的前一天回去，保证不耽误事儿。

安排好手头上的事儿，我和闺女就驱车直奔舅舅家的那个村。本想先接母亲一同去，谁承想母亲更心急，表弟早就把我父母接过去了。一路上，我回忆着舅舅家的样子。从小时候住舅舅家开始，到前几年去舅舅家串门儿，熟悉的一幕幕跃在我眼前。听说最近几年农村发展很快，不知道舅舅家是不是也有变化呢？

公路两旁绿树成荫、繁花点缀，呼吸着扑面而来、清新无比的山间空气，不知不觉就已经到了村口。放眼望去，一排排红砖青瓦的新农舍彻底颠覆了我心中以往的"内存"，这还是我曾经玩耍过的地方吗？昔日尘土飞扬、泥泞不堪的街道已然变成平整干净的水泥路；路旁墙边那熟悉的柴草垛早已不见踪影，而是种满了绿树鲜花、瓜果蔬菜……来到舅舅家，眼前的景象更让我惊叹不已。原来低矮陈旧的木门变成了气派无比的大门楼，安的是和城里一样的防盗门；曾经的土坯房已然被翻新成砖混结构的高大瓦房；塑钢窗户、时尚墙砖，和城里房子的装修不相上下；以往乱七八糟堆满杂物的庭院变得井井有条，那真叫一个敞亮啊！

想必只顾惊讶了，还没来得及寒暄，舅舅已经走出屋门，招呼我先进屋：赶了这么远的路，快歇歇！孩子渴不、饿不？要不先喝点水，吃点儿点心？我忙说：不用，其实也没多远！环顾舅舅家：现代化的家用电器、新式的房屋装修，就连冲水式的卫生间也都挪进屋子里来了！一脸兴奋的我由衷地说道："村里、家里的变化可真大啊！变得我都有些不认识了！"

"可不是，比先前可真不一样了！这不，前两年村里搞土地流转，不但给了不少的补助款，我俩还拿上了政府每月几百元的养老补助，你舅妈也被村里招了工，每天也跟工人一样，拿着工资上班呢！你表弟在镇里做生意，收入还不错！"我忙问："不是表弟明天就结婚吗？怎么不见忙活啊！"舅舅说："其实，也没啥忙的，新房早就安置好了，酒席也在镇里的酒店订好了！要说，真是赶上好时候！想想你小时候来舅舅家，像样的吃的玩的都没有！"不经意间，舅舅就想起了以前不堪回首的往事：那时吃的啥、穿的啥、用的啥，跟现在简直一个地下一个天上啊！

发表于 2012 年 9 月 14 日《京郊日报》

不羡慕奢华家居

卧室、客厅、厨房、书房……宽敞明亮，装饰近乎奢华——刚刚参观完同事吴姐的新居，真是让我眼前一亮，大开眼界。生活在这样的家居环境中，心情该多美啊！

看着我惊讶的神情，站在一旁的媳妇也是兴奋异常，小声嘟囔着："要不咱们也改善一下，尤其先给你的书房捯饬一下，高档写字台、旋转沙发椅……给你提供一个舒适的写作环境。"

媳妇心疼我，知道我平日里爱好"爬格子"，时常写点儿"豆腐块儿"。那简单的三屉桌和硬板椅，看起来实在寒酸，她早就想给我换了。可我始终对此不大热心，在媳妇再三催促下，我给媳妇讲了个小故事。

抗战时期，西南联大聚集了很多有名的学者、教授，但他们的生活居住条件异常简陋，甭说是书桌了，就连最基本的居住都成问题。在昆明郊区大普吉陈家营村杨家宅院，有一处土坯建成的偏房，房间简陋得无法形容。没有真正的窗户，只是在靠院子的一边墙上挖了一个小洞，用一些参差不齐的柴火棍支撑一下，权当作窗户了。就是这样不足十六平方米的土屋，竟然租给了闻一多和华罗庚两家十四口人居住。这样窘困的生活状态，也没有妨碍两位大教授在学术上的追求。在这狭窄空间里，闻一多笔耕不辍，完成了轰动一时的著名神话专论《伏羲考》，而腿有残疾的华罗庚则完成了饮誉数学界的不朽著作《堆垒素数论》，奠定了各自在学术上的地位。

相对于两位大师曾经的家居条件来说，我家虽然算不上宽敞，但我至少有自己的书房。虽然书房没有别人的奢华与舒适，但至少有一张可以伏案写作的书桌，这就足够了。如果把硬板椅换成豪华的皮座椅，把简单的三屉桌换成高档写字台，我不知道在享受优越物质条件的同时，我是否还能继续自己思想的流露与表达？古人云：生于忧患，死于安乐。我虽然不敢与两位大师相比肩，却深深明白：如果一个人过于专注物质享受，还能有多少心力去做那些精神追求的乐事呢？

媳妇若有所思地点点头，好像明白了我的心思，再也不提给书房装修的事儿了！要知道，做学问的人欲求少，就不会被物质所奴役，就可以沿着正道行事。学习大师的精神，其实是在学习一种道德品质，学习一种人格力量。

发表于 2013 年 12 月 13 日《京郊日报》

岁末话祝福

转眼又是一年匆匆走过。临近年尾，展望来年，回想逝去的岁月，真是百感交集；遥想未来的日子，更是信心满怀。和家人坐下来，说一说生活和工作中的点滴收获，大家都心生一个共同的心愿：家和万事兴，共筑中国梦。

有首歌唱得好："老祖宗留下一句话儿，家和万事兴，妻贤福星广，母慈儿孝敬，众人拾柴火焰高，十指抱拳礼千斤。老百姓流传一句话，国安享太平，国强民才富，民富国安定，大河涨水小河满，众人栽树树成林。"

是啊，只要一家人和和睦睦的，再大的困难都能克服，再高的目标都能实现。只要每个家和和睦睦的，那么国家，乃至全世界的人都会安居乐业，人间也就变成了天堂，我们每一个人的脸上都会洋溢着发自内心的微笑与阳光。因为，和睦的家庭能给每一个家庭成员带来温暖、带来快乐、带来健康、带来智慧、带来前进的力量。单丝不成线，独木不成林。只要一家人齐心协力，相互爱护，关心支持，有事共担当，有商有量，和和气气，相信再难的事儿摆在面前，也都不算是啥大问题。

眼看着新年就要来了，按照老祖宗留下来的规矩，也想说几句吉祥话，希望能给普天下的兄弟姐妹们，给天下每一个家庭，送去浓浓的新年祝福。

祝愿天下所有的父母健康安泰。家有一老，如有一宝。无论你志在四方，任你怎么去闯，累了，乏了，他们永远都是你的坚强后盾。父爱如山，是结实的依靠。儿行千里母担忧，哭了累了，她永远是你的温暖怀抱。父母暖心的话儿是我们拼搏的动力，家里热乎乎的饭菜是我们心灵的港湾。多回几趟家，多打几个电话，多和父母双亲聊一聊，尽孝须趁早，有机会多带着父母出去转转、玩玩。孝心不容等待。

期冀天下所有的夫妻恩爱有加。一生陪你时间最久的应当是你的爱人。夫妻互相体贴，相互照应，传递出家的温暖，传递出互敬互爱的和谐之美。生活中不要去过多抱怨对方，多点儿宽容与理解，相信小日子会过得越来越舒心，越来越有成就感。

希望天下所有的孩子努力成才。孩子是希望，孩子是我们的未来。一方面，我们尽力给孩子创造良好的生活与学习环境，另一方面，我们也要教育孩子勤奋刻苦，做人做事积极向上。让孩子在学习中获得高超的本领、顽强的意志、博大的胸怀，像赛马一般，越过一道又一道高栏，扬帆起航，驶向人生的大海。愿孩子是勤劳的飞燕，衔着春光飞来，铸就自己的辉煌；愿孩子是展翅的雄鹰，似箭一般冲向蔚蓝的天空。

众人一条心，黄土变黄金。一个家庭要团结，夫妻和睦，母慈子孝；一个国家更要团结，兄弟同心，其利断金。人生说长不长，说短也不短。与人为善，善莫大焉。和气生财源，善恶终有报。小家稳定了，大家才稳定。小家和睦了，大家才和谐。家庭不和睦美好，社会又怎能和谐完美，国家又怎能繁荣富强？

发表于 2013 年 12 月 27 日《京郊日报》

我的读书生活

好像从刚刚认字开始，我就对文字很感兴趣。遇到不认识的字，总爱缠着别人问"这个字念什么，是什么意思"。小时候家里穷，买不起课外书，我就看别人家看完的小人书。常常是一本小人书翻了一遍又一遍，看了一遭又一遭，都快把书翻破了、看散了，还不肯罢手。那时候，能看的书真的是太少了。不光是书少，就连报纸也不多见，于是，文字便对我产生了一种强大的魔力。每每遇到一本自己没看过的书，或者是不知从哪里捡来的废旧报纸，我便有一种要赶快把它读完的冲动和欲望。看的书多，字认得也多，也就更爱看书了。

课外读物在小时候的我看来，真算得上是一种奢侈品了！既然书少，就要想方设法地找书来读，不管什么新书旧书，也不管好看还是不好看，只要是书，我总想先借来再说。那时候，同学家的书都让我借遍了。记得有一天，比我大十来岁的表姐、表哥来我家，知道我爱看书，就把他们毕业后已经不用的十几本作文选顺便给我拿来了。我现在还记得，那几本作文选叫《新蕾作文选》，其实是上海一家出版社出版的面向初、高中生的作文杂志。更让我高兴的是，他们说，你这么爱看，这些书就送给你了！这是我平生第一次一下子拥有这么多的课外书，足有厚厚的一摞儿。我高兴地摸了一遍又一遍，真是爱不释手。虽然那些书的书角、封皮已经有一些残破，但丝毫不影响我拥有它们后的那种兴奋与激动的心情！

长大了，工作了，成家了。我开始有能力圆自己儿时的梦了，我想拥有自己的图书库。这个自家的小"书库"，个儿不是很大，图书也不是很多，到现在大概也就几百册。但里面的书都是我精挑细选的。有中国传统的四大名著，也有很多现当代名家的小说、散文、杂文、诗歌，不敢说包罗万象，却也称得上是五花八门。相比较儿时的窘况，就图书而言，现在的我应该算得上是"小康"了吧！

闲暇的时候，我总是爱翻翻书，平时也有一个不成文的读书计划，比如，晚上睡觉前读半个小时的书，这也是我多年养成的习惯。至于休息日、节假日，如果没有特别的事情，我总喜欢待在家里，或坐或躺，抱着一本自己喜欢的书津津有味地读上一会儿。而且，我还有一个习惯，每每读书的时候，常常爱做个摘记什么的，见到好词好句，遇到佳篇美文，常常读数遍不止，总想"据为己有"。

在我的带动下，妻子和女儿也渐渐养成了读书的习惯。妻子在我影响下，放下电视遥控器，拿起书本，时常翻阅一些生活类、教育类的书籍。女儿看我们在读书，也拿起自己的书，像模像样地读起来，读得有滋有味，读完之后还要给我们说一说、讲一讲。慢慢地，她的阅读量增加了，写作文也越来越顺溜。渐渐地，我们家读书的氛围愈来愈浓厚。

虽然买的书越来越多，但借书还是我生活中不可或缺的一部分。放暑假时，我还常常带着女儿、妻子，去图书馆看书、借书。古话说得好，书非借不能读也。借书总有一种催人奋进的紧迫感，久而久之，自然就养成爱读书、好读书的习惯了！

腹有诗书气自华。读书的感觉，真的挺好；读书的生活，也真的很幸福。

发表于 2014 年 2 月 12 日《京郊日报》

时间都去哪儿了

"时间都去哪儿了，还没好好感受年轻就老了，生儿养女一辈子，满脑子都是孩子哭了笑了。时间都去哪儿了，还没好好看看你眼睛就花了，柴米油盐半辈子，转眼就只剩下满脸的皱纹了……"马年春晚，一曲《时间都去哪儿了》不知拨动了多少人的心弦，撩起了多少人的情愫，也给许多人留下了思考……

时间是那么长，也是那么短，可它究竟都去哪儿了呢？面对这个平时谁也不太留意的追问，面对歌词中淡淡流露出的那种情怀和忧伤，或许每个人的心里都五味杂陈，或感触良多、思绪纷飞，或不知所措、茫然一片。

不知道从什么时候开始，我们渐渐长大，上学、上班，好像也就是一眨眼的事儿；不知道从什么时候开始，父母渐渐老去，白发、皱纹，好像悄然之间就爬满了；不知道从什么时候开始，孩子们有了自己的天地，求学、外出，好像一下子就距离远了……就在这生命的人来人往中，逝去的感情，流走的岁月，带走了时间，但也带来了新的世界。

记得小品《不差钱》中戏说，其实人这一生可短暂啦，眼一闭一睁，一天过去了，眼一闭不睁，这辈子就过去了。虽然言辞中不乏戏谑，但的确让人感同身受。时间匆匆，需要去好好规划，才能更好享受时光的恩赐。毕竟，因为时间，因为积累，我们才拥有了更从容的微笑、更踏实的脚步、更大的前进动力。

工作再忙，我们也要适当地放松一下，给自己的心情定期放个假。要知道，有多少人在养家糊口的过程中不知不觉地忽略了自己。随着年华的一天天逝去，的确应该对自己好一点，停下工作，走出家门，感受一下大自然的美景，浏览一下世间的奇妙。

时间再紧，我们也别忘了家中的父母，时不时地回去看一看，和他们聊一聊。千万别拿没有时间作挡箭牌，不然到了"树欲静而风不止，子欲养而亲不待"的时候，后悔都来不及了！对于爱人和孩子，有时间还是抽空多陪一陪的好，别以为在一起的时间有的是，满不在乎。其实，除却工作和睡觉休息的时间，一家三口真正可以在一起交流的时间并不是很多。不信，静下心来想一想，我们有多久没给父母打一通电话，又有多久没和孩子一起嬉戏玩耍了。

在短暂即逝的人生旅途中，在快节奏、高压力的生活中，千万不要只顾着埋头赶路、追逐名利，而忽略了自己、忽略了家庭、忽略了亲人。不然，你很可能会错过本该拥有的幸福。

发表于 2014 年 2 月 27 日《北京日报》

久违了，蓝天

　　早晨醒来，我拉开窗帘往外一看，发现天空变回了清亮的天蓝色，便一下子清醒过来。按捺不住激动的心情，我快速整理好床铺，简单洗漱一番，三步并作两步地冲下楼去，连做了几个深呼吸，在心底大声呼喊——久违了，蓝天！

　　好像很久很久没见着如此干净的天空了。多日的雾霾让世界变得灰暗混沌，人们甚至快要遗忘了蓝天白云的存在。忽然，先小雨，后北风，雾霾悄然去无踪，京城持续了一百三十二个小时的空气质量"橙色预警"，终于被一场较强北风吹得"灰飞烟灭"，抬头看着再次出现的蓝天白云，人们无不惊讶、无不喜悦。

　　"一夜春风来，雾霾全扫开！晴空瞳瞳日，心儿乐开怀！""雾霾你走了，我们人类心情大好！""呼吸新鲜，你好晴天！"社交软件上，无数条微博、微信，一条条、一句句，传达着大家难以掩饰的兴奋心情，风起云涌般汇聚成一个共同的心声：我们终于再次看到了久违的蓝天！

蔚蓝的天空中，飞鸟似乎也格外精神，一扫往日的无精打采，自由地拍打着翅膀划过天际，尽情翱翔。我抬头看着久违的蓝天，遥望着冰雪仍未融尽的远山，吸一口清新的空气，感觉神清气爽，通体舒畅！想想那原本每日都能看到的蓝天白云，一直未曾引起我过多的关注，似乎它们是天经地义、自然而然的存在，没什么大不了的。然而，当雾霾大肆"侵袭"，盘踞在天空一周之久后，才发现曾经习以为常的美好，原来是一种上天的恩赐，值得我们每个人珍惜。忽然想起了那句很有哲理的老话：什么东西往往都是在失去的时候，你才能体会到它的重要。

一场持续的雾霾，一场突来的强风春雨，让我想了很久、很多。蓝天白云，不仅可以带来健康，也可以带来好的心情，提升人的幸福感。虽然大自然拥有一定的自洁能力，但过量的污染物带来巨大的环境压力，严重破坏生态平衡。为了能够看到更多的蓝天，呼吸到清新无毒的空气，我们每一个人都有责任和义务减少污染，用自己的实际行动，让"涓涓细流"聚合成蓬勃的正能量，迎来更多明媚的蓝天。

时光短暂，生命有涯。朋友们，让我们珍惜这久违的蓝天与白云，珍惜陪伴在身边的人，珍惜有限的生命，快乐生活，健康永远！

发表于 2014 年 3 月 7 日《语言文字报》

放低眼光看幸福

　　放低眼光，你会发现幸福无处不在。原来，幸福就是一种心情，幸福就是一种知足常乐的感觉。只要你稍微留意一下，幸福其实很容易被你抓住。

　　结婚了，要买房，要买车，需要办的事儿太多了。多少花钱的地方啊！可摸摸瘪瘪的钱袋子，那真叫一个愁！统统办下来，一合计，何止是捉襟见肘，已然是债台高筑。一眨眼，就得背着银行的债、亲朋好友的债过日子了。与其这样，倒不如量力而为：大房子承受不住，咱就先弄个小的；小房子也实在买不起，咱就先租个房，不也一样过日子？四个轮子，咱消受不起，两个轮子或公交地铁的绿色出行，还为环保做贡献了不是？相信只要稍微降低一下自己的眼光，你就会感觉到，其实也没有什么过不去的坎儿，也没有什么大不了的事儿。

　　放低眼光，不是单纯地降低自己的生活质量与追求，而是在寻找自己目前生活的适宜高度。一旦你适当降低一下自己的眼光，你就会觉得，自己脚下的路变得很长。把眼光往远处投放一些，你就会觉得，希望正在向你招手，幸福已然萦绕在你身边。不要妄想在乱石中你一眼就能发现皎洁的美玉，也不要总以高攀者的姿态立足于世。请把眼光放低些，再低些。因为，只有耐得住性子，才可能将顽石磨砺成美玉；只有脚踏实地、举目远眺，才可能让自己的人生走得更远、更辉煌。

风物长宜放眼量。给自己一个缓冲，别跟自己过不去、傻较劲儿，就是给自己一份好心情，就是给自己一份摸得着看得见的真幸福，就是给自己积淀成功的砝码。

发表于 2014 年 5 月 23 日《京郊日报》

微时代品微幸福

　　"女儿看我用的手机老旧了，执意给我换了一部新款智能手机，还教会我用微信。现在，我们经常用微信聊天，谈些生活琐事。这些看似不起眼而又真切的亲情互动，拉近了我和女儿的距离，让我感受到浓浓的亲情。谢谢你，我的女儿！"

　　这是一个好友发在微信"朋友圈"的一条状态。读着它，一幅母女沟通、亲情深厚的温暖画面瞬间浮现在我的脑海中。朋友描述的那种微小却动人的幸福深深地打动了我，让我想起自己和女儿的亲情互动。

　　记得有一年过生日时，女儿送了我俩两串亲手叠的千纸鹤，一串是给我的，一串是给妻子的。虽然礼物并不贵重，但女儿准备了很久，其中饱含着她对父母浓浓的爱与祝福。女儿才十岁，就已经懂得孝顺父母，这让我十分欣慰。我把这两串千纸鹤挂在办公桌前，每次看到它们，就仿佛看到女儿天真的笑脸，心里满是幸福的滋味，工作也有了动力。

在日复一日的生活中，隐藏着很多成本不高却触手可及的"微幸福"：口渴时，端起同事帮忙倒好的白开水，一饮而尽，多么幸福！下班回家，饭桌上已经摆好喷香的晚餐，大快朵颐，多么幸福！周末时，约上三五好友小聚，喝酒畅谈，多么幸福！外地出差，人生地不熟，好心的当地人热情指路，多么幸福！

其实，"微幸福"是一种生活态度，需要我们善于发现生活中那些温暖而美好的瞬间。富兰克林说："与其说人类的幸福来自偶尔发生的鸿运，不如说来自每天都有的小实惠。"这种"每天都有的小实惠"，就是我们生活中的一个个"微幸福"。它可能是一个微笑、一声问候，也可能是一句鼓励、一次畅谈……点点滴滴，细微无奇，或许不会让你特别地激动和兴奋，却会让你神清气爽、笑意连连，从平淡如水的日子里感受到一缕甜意，体验到一丝欢喜与愉悦。

在充满着微博、微信的"微世界"里，别忘了，还有一种"微"时常被我们忽略，那就是"微幸福"！它也许比不上人们孜孜追求的巨额财富、飞黄腾达、情场得意等所谓"大幸福"，但它却离我们更近、更实在、更容易获得，值得我们细细品味，好好珍藏。

发表于 2014 年 6 月 20 日《语言文字报》

"文学苦旅"中的师生情

　　说起来，对文学的钟爱始于在延庆师范念书时。打从图书馆借阅鲁迅的作品开始，我就成了一个十足的文学青年，整天想的就是泡阅览室、读书、练笔，甚至上课时也忙里偷闲，悄悄琢磨着写文章的事儿，想到尽兴处就铺开纸笔，写起来。

　　有一天上美术课，同学们都在认真画画，我却偷偷陶醉于写作之中。就在我兴味正浓的时候，梁老师不知什么时候来到了我桌前，悄然拿起了我刚刚写就一篇小诗的纸片。我吓了一跳，足足目瞪口呆了几秒后才反应过来，可为时已晚，"罪证"已然在梁老师手中，想藏也藏不起来了。我心想：这下可糟了，要是老师当着全班同学的面批评我"不务正业"，该如何是好？看着平常一副笑眯眯面孔的梁老师正皱着眉头、满脸严肃地看着我的作品，我的心怦怦直跳。不过，梁老师并没说什么，只是认真地看了看，就悄悄放下那张纸片，转身走去指点其他同学了。他一转身，我便赶紧拿起画笔，认认真真画起画来，不敢抬头，生怕看到梁老师严厉的目光，直到下课铃声响起，我心中的忐忑才渐渐淡去。

没想到，那天晚饭后，刚刚走回宿舍，就看到了在楼外甬道上等我的梁老师。我不知道说什么好，打了招呼便低头站在一边。没想到梁老师笑眯眯地说："没别的事儿，就是想和你聊聊！"轻柔的话语让我坦然了不少。顺着这条长长的甬道，我俩一直走到了操场边的花园。一路上，梁老师没有批评我一句，只是谈起了他追求美术艺术的点点滴滴，虽然他不赞同我课上干"私活"，但也表示理解，希望我合理安排好时间，别落下学业，也别放弃自己的艺术追求。即便我追求的文学和他的美术似乎风马牛不相及，但我能从梁老师的话语间听出他对我的鼓励与爱护。

在梁老师的激励下，我在"文学苦旅"上上下求索，默默前行。记得我多次修改的习作第一次变成了铅字，还意外收到平生第一张稿费单时，我当时激动的心情真是难以言表，迫不及待地跑去告诉一直默默支持我的梁老师。他也是异常兴奋，祝贺我迈出了文学之路的第一步，言谈间还提及了自己当年发表第一幅画作时的情景。

那几年间，每每有了新作见报，我第一个总要向梁老师报喜，他也总是含笑为我加油。毕业之际，他为我题笔留念：心静生神笔。硕大的五个字苍劲有力，二十年来一直鼓舞着我笔耕不辍。一直想着写写与梁老师的故事，今朝终于如愿。当然，我的文字算不得"神笔"，但也只有这些的文字，可能才最适合表达自己对恩师的感激之情。

发表于 2014 年 8 月 15 日《语言文字报》

我的自行车

听说北京国际自行车博览会暨第三届北京自行车文化节在咱们家门口延庆举行，我顺便也去凑了个热闹。没想到来参观的人还真不少，不仅有本地的，还有从市区远道开车来的，等待参观的人竟然都排成了长龙。一进展厅，各式各样的自行车，令人目不暇接，简直就是到了自行车的世界：手套、车把套、头盔等种种骑行装备，让人瞠目结舌，我只剩下惊叹的分儿了。眼看着少则数千、动辄上万的"家伙"，不禁想起了那些曾经陪伴过我的自行车……

小时候，家里只有一辆凤凰牌自行车，那可是我们家当时唯一值钱的"大件"家当。听说，那是家里勒紧裤腰带攒了好几年的钱，特意从村里大队求爷爷告奶奶寻来车票，才好不容易从城里的供销社买回来的。当时，只有父亲外出办事时才能骑，一般情况下家人都舍不得骑。像我这样的小孩子，当时根本就不敢动它，生怕弄坏了被父亲责骂。有一天，偶然看到邻家的孩子在村里练习骑车，我实在忍不住，就趁着放学回家没人，偷偷推出父亲的自行车，在家门口旁边的土路上练起来。没想到，骑车还真挺不容易，一连摔了好几次，还是没有学会。不过，幸亏摔倒的时候没把车子摔坏，只是蹭了些土，简单擦擦也就没事儿了。不一会儿，哥哥也放学回家了，赶紧扶着后座帮我练习。虽然，我不能迈过车梁，只能从车梁下面把腿伸过去，但就这样，咯噔咯噔地竟也学会了骑车。这是我第一次骑车，竟然学会了，心里别提多高兴了。

初中毕业后，我考上了区里的师范学校，离家有五六十里地，当时公交很不方便，只能骑车去上学。哥哥当时也在城里上学，已经有了自己的自行车。于是，为了不伤我的心，父亲咬咬牙，用卖了一年余粮的钱，为我添置了一辆飞鸽牌自行车。应该说，这是真正属于我的第一辆自行车。当年，我就是每周骑着它，往返城乡百余里路，走过了三年外出求学的时光。后来由于远到京城上学，这辆车自己就不怎么骑了，正好父亲那辆老凤凰也坏得不成样子了，它就成了父亲外出干活的交通工具。

二十世纪九十年中期，我大学毕业后添置了一辆当时比较流行的山地车。好家伙，这辆车可不得了，足足花去了两个月的工资。所以，很是视为宝贝，用起来也是非常珍惜，时不时擦洗一番，尽量让它保持整洁干净。那时候，已经实行双休日了，每当周五下午下班后，我就会骑上自行车回家。一个多小时的骑行，虽然有些累，但一路有风景伴随，倒也是其乐融融，煞是悠闲。可这样一个宝贝，在与我相伴一年多之后，不小心被人偷去了，这件事儿让我难受了好长一段时间。没办法，再也没富余的钱买同样的车，只好花了不到三百块钱从车店里买了一辆杂牌仿山地车，骑起来很费劲儿，但也只能凑合了。毕竟当时用钱的地方太多了，要买房，要结婚，哪有闲钱啊！

转眼间，孩子就要上幼儿园了，那辆仿山地车实在质量太差，担当不了我骑车送孩子上学的重担，我就又添置了一辆比较结实的永久自行车。没几年，汽车就进入了寻常百姓家。汽车让我们家的出行快捷舒适了不少，但也让我们减少了运动，慵懒了不少。特别是在开车上下班道路拥堵不堪的时候，我更是向往骑自行车的自由和乐趣。在去年教师节前夕，媳妇为了让我多运动，花了几千元钱买了一辆比较专业的骓驰牌山地自行车作为礼物送给我。就这样，我平时骑着它上下班，周末和三五好友一起进行户外骑游活动，既锻炼了身体，又亲近了自然，好不惬意！

看来，在大街小巷飞驰的样式各异的自行车，已经不仅是一种日常的交通工具，也是人们健身、休闲，践行低碳绿色环保理念的一种时尚装备了。

发表于 2014 年 10 月 27 日《京郊日报》

老有所依

前不久，当我闲暇正在翻阅杂志的时候，断断续续听见媳妇抽泣的声音，伴随着电视的声音，我一猜：她肯定又是被电视剧中的哪个情节打动了。

看烦了那些枪战、警匪、生活剧，我一般也就是看看新闻、科教类的节目。媳妇对电视剧的痴迷，我向来不以为然。就在顺便给她倒杯水的时候，我调侃道："电视剧都是人家瞎编的，你咋还当真了不成？""不是我想哭，关键是电视剧演得太真实了！想起孩子的爷爷奶奶、姥姥姥爷，想起过去、现在咱家以及邻居同事同学的各种琐事，感觉就像在说咱们身边的事儿一样！"媳妇哽咽地说。

我看了几眼，竟然不知不觉就陪着她看完了一集！我也被里面的情节深深地吸引，坚持了好些天，直到把这部电视剧全部看完，仍然有意犹未尽之感。老有所依，这个人人都在关注的话题，不得不让我低下头来，细细思量。想想刚去世不久的父亲，想想已经年迈的母亲，想想常年患病的岳父岳母，心酸、感动、伤心、希望……一个个字眼蹦了出来，充斥在我的心间。

瞧瞧持续上升的收视率，看看报纸杂志连篇累牍的评议，《老有所依》这部亲情电视剧能在央视以及各地方台热播，能够打动这么多人，就在于它已经不仅只是一部电视剧，而是许许多多家庭现实生活的缩影，它引发了观众对当前养老问题的深思。

父亲刚刚离开我们，从父亲患病开始，大约持续了一年的时间，除了正常的工作，我把很大一部分精力都用来照顾父亲，可还是没有能够挽救父亲的生命。病魔的无情折磨，最终让我失去了父亲。父亲劳累了一辈子，直到病情确诊前的两个月，还在劳作，几乎没有享过什么清福。每每想到这些，我都感到无限的愧疚：为什么我没有提早关注父亲的身体？真是应了那句古话，树欲静而风不止，子欲养而亲不待。虽然一年来的悉心照料，也算让父亲感受到了一点"老有所依"，但是在我看来，这一年的时间太短太短，远远报答不了父亲这么多年来对我们的养育之恩。

斯人已去。伤心已经无济于事，唯有好好照顾正在渐渐老去的母亲、岳父、岳母，争取拿出更多的时间来，多去看看他们，多和他们待一会儿，聊聊天、做做饭，让他们感受到亲人的关怀，让他们感受到子女的孝心。或许，这才是对父亲的最好纪念。

就这样，我和媳妇、闺女有了一个不成文的约定，只要没有极其特殊的事情或离不开的工作，但凡有空闲的时候，我们都要去看看家里的老人们，哪怕只是半天，哪怕只是几句简单的问候，也要尽可能多地和他们在一起，让他们能够真切感受到"儿孙满堂"的绕膝之乐，能够感受到"老有所依"的情感依托。

《礼记·礼运篇》云："故人不独亲其亲，不独子其子。使老有所终，壮有所用，幼有所长，鳏寡孤独废疾者，皆有所养。"是啊！老有所依。我们每一个人都会有老的时候，都想让自己在那个时候能有所依靠。看着我和媳妇为母亲忙里忙外，给她包最喜欢吃的酸菜馅饺子的时候，一旁的女儿似乎也懂事了，激动地说："以后等我长大了，也给奶奶、姥姥姥爷、爸爸妈妈包饺子吃！"

我和媳妇不由自主地微笑对视着，心里别提有多暖和了。一旁的母亲也乐呵呵地笑个不停，直夸赞孙女的确是长大了，满脸充盈着说不尽的幸福……

发表于 2014 年 11 月 28 日《京郊日报》

那年，我也差点成了北漂

　　为什么有那么多的人奋不顾身放下曾经拥有的一切，心甘情愿地做一名北漂？即便住在拥挤破烂的地下室，来回挤好几个小时的地铁上班，也无怨无悔、义无反顾地坚持着。我想，大都源于这些人的内心揣着他们不离不弃的理想信念，源于那股永不服输的劲头。

　　之所以也想对这个话题聊上几句，是因为我在2004年，差一点就加入北漂的行列。当时冲动的激情、内心的犹豫、无奈的抉择，直到现在想起来，仍是历历在目。虽然，我最终没有做成北漂，我一只脚刚刚要踏入北漂的队伍时，由于种种原因，又轻轻退了回去，但是，这丝毫不影响我对北漂这个话题的热情。我想，我有必要把前因后果说一说，或许对一些像我这样想去北漂的人，可资借鉴。

　　说实话，当时之所以想去北漂，纯属被逼无奈。这话，还得从求学的时候说起。

我毕业于首都师范大学数学系数学教育专业。其实，我当时的理想专业是中文或者新闻，因为我在中学念书的时候，就痴迷于文学写作，已经在多家报刊上发表了"豆腐块儿"，在各级征文中获奖，时常被身边一些老师同学誉为"作家"。当然，我知道这个称呼只是对我的一种鞭策和激励，距离这个称呼，我还相差十万八千里。我曾就读的师范学校在保送的时候，把我保送去了数学专业专科，把学校里唯一的保送中文本科名额给了时任校长的女儿。论各科学习成绩，她远在我之后。

　　从首都师范大学数学系专科毕业后，我对文学的热情丝毫没有减弱，渴望成为一名文字工作者的愿望仍旧如火如荼。因此我一边努力工作，一边参加北京市高等教育自学考试。几年下来，终于拿下了自学考试新闻学本科文凭。我想，我终于实现了当年求学时的愿望，也终于有了专业文凭。所以我就参加了2002年公务员考试。行政职业能力测试和公共知识考试，我取得了167.9的分数，相对于120分的分数线而言，在全区傲视群雄，比第二名高出20多分，高居榜首。那时我天真地想，我没有不成功的道理。我信心百倍地参加了接下来的部门专业考试，取得了80多分的成绩，再一次取得第一名。我想，接下来的最后一个重要环节——面试，我一定要把它拿下，绝不能前功尽弃。想想自己两次笔试都是第一，而且都是领先第二名20多分，这可不是一个小距离。如果不出大的意外，那个公务员职位唾手可得。

　　意外发生了。

　　笔试之后，人事局发出通知，由于此次报考人数较多，原定的1∶3面试比例改为1∶5。也就是说，只有三个人参加的面试，现在扩充为五个人。其他部门的面试比例不变，只有这个部门的面试比例改动。我当时觉得不对劲儿，招考前制定的规则，怎么说改就改呢？虽然感觉不太对头，但还是精心准备了面试。发榜的时候，人事局这样说，笔试考试成绩入围后，成绩作废，最后作为录用的依据只是面试成绩。也就是说，无论笔试成绩多高，录用的时候不予考虑。所以，发榜时，原先笔试排名第一的我，面试成绩成了第四，原来笔试第四的人，转眼成了第一。其余几个人在笔试和面试中成绩名次没有变化，只是我和被录用的那个人在笔试和面试的名次上，正好调了个儿。想想面试的时候，还有个别考生明目张胆地说早就内定了，我当时还怎么都不信。

带着愤恨与不满，我想逃离这个偏远的小城。打印了几十份简历，跟单位请了假，我涌入了京城求职大军的行列。一家一家地投简历，招聘会上挤得死去活来。经过几天等待，京城有两家单位让我去面试。后来，我选择跟自己教师职业关系较近的《现代教育报》去面试，面试很顺利，报社招录的负责人对我的写作能力很认可。我很高兴，正当我要迈出人生关键一步的时候，报社负责人善意提醒我，说录用没问题，不过人事关系只能放在市人才交流中心，而且报社每年实行末位淘汰，干得好再续约，干得不好只能自己另谋出路。也就是说，我要是选择这条路，就会由一个国家正式在编的教师，成了一个漂浮不定的北漂、一个下海的自由职业者。我回家和媳妇商量，她反对的声音明显压住了我的激情。毕竟，我现在不是一个人，而是一家人。自己的选择会影响一家三口人的生活。虽然心不甘、情不愿，但是看看才一岁多的闺女，想想如果真的去做了北漂，可能老婆和孩子就要和我浪迹京城，住地下室，每天过着居无定所的日子。经过再三权衡，我无奈做出了妥协。心想，算了吧！退而求其次，一边继续正常工作，一边笔耕不辍，键盘一敲，至今十载有余。虽然，我干不了自己喜欢的工作，可是我在全国多家报纸杂志，发表了散文、杂文、评论、随笔、诗歌、小说等大大小小的文章一千多篇，累计一百多万字。2013 年，我的第一本杂文随笔集《行走在边缘》出版。可以说，年轻时那个梦想，在曲折中实现了一多半。

其实，当不当北漂，只是自己的一个选择。我非常理解，也非常敬重那些北漂的人。最起码，他们是敢想敢干的人，为了理想去闯去干，哪怕碰得头破血流也在所不惜。这种难得的人生经历不是每一个人都拥有的。其实，无论干什么事，不在乎得到了什么，而在于经历了什么，经历本身才是最大的财富。

如果人生可以重新来过，如果自己没有生活的羁绊，我将义无反顾去北漂。因为，我至今仍相信，只要一个人能够付出真诚的努力，包容、公平的北京，终究会给有才华的人实现自身价值的机会。

发表于 2015 年第 4 期《北京文学》

散步感受幸福

风风火火不停地忙碌着，回过头盘算一下，真是难得有闲下来的时间。我心里常常不停地念叨着，时间的指针能否再慢一些！忽然想起约翰·列侬曾经说过的一句话，当我们为生活疲于奔命的时候，生活已经离我们远去。

天朗气清，一扫雾霾，跳跃的心情早已催着我迈着轻盈的脚步，悄然来到妫水西湖的岸边。刺眼的光芒宛如奔涌的波浪，直扑过来，虽是初秋，天气渐凉，却依然让人感受到丝丝暖意，让人心头顿时溢满幸福的阳光。

走在一起是缘分，一起在走是幸福。迎面走来一对花甲之年的夫妇，老太太挽着老大爷的胳膊，慢悠悠地走着，一边看着静静的湖水，一边小声说着悄悄话，旁边蹦蹦跳跳还跟着一条小狗，前后左右小步奔跑着。多么和谐的场景啊！在我眼前这立马就成了一幅永恒的画面，这种慢生活，这种慢情调，真是美妙极了！暗自思忖着，如果自己也能经常和家人一起，不被琐事羁绊，时不时能够在迷人霞光的陪伴下，散步在幽静的湖边小径，任凭调皮淘气的风儿轻轻地抚摸我们的脸，让时间成为静止的永恒，深深地烙印在记忆的最深处，那该是多么美好的一幅情景啊！

沿着曲曲折折的小路，走着走着，就拐进了岸边的小树林，沥青路变成了微微不平的土道，再接着走，土道也越来越窄，最后就是人脚踩出来的小径了。我拖着步子，慢吞吞地向前溜达。阳光透过树梢直插来，光影不时地晃动着，出奇地温柔，暖洋洋的，就像软软的棉花，脚下是铺着柔柔枯草的土坡，对岸的村庄，已经升起了袅袅炊烟。往远处张望，巍峨高耸的海坨山，顶上覆盖着白雪，此时看来，这雪竟也是暖融融、充满着缕缕温情的。走着走着就不由自主想要坐下，随处都可以，没有一丝风，阳光似乎已经凝固。不由自主地舒展四肢，长呼一口气，我享受着恬淡舒坦的幸福，偶尔逗一逗像我一样悠闲的小牛。小牛正在草地里啃着黄黄的草叶，时而伸长了脖子，摇晃着尾巴，高兴时尽情地哞哞叫上几嗓子。

想起毕业二十年的同学聚会上一位同学说的话："现在，我最想的事情就是回到农村老家，养几头猪，养几只小鸡，过简单而又简朴的生活，该有多幸福啊！在城市里的每一天我都失眠，太多的人际关系要处理，太多的事务要应对。"可是，目前这样做毕竟还不现实，只能是一个乌托邦梦想罢了。殊不知，幸福其实就是一趟列车，你所需要做的是要时时让自己放松心情，慢慢观看那些沿途的风景，只有这样，当列车到达终点时，你才会发现这一趟列车带给过你许多物质之外的精神收获。

"每天训练完，和女友一起逛逛街、散散步，这是一天中我最喜欢的时光。"谈起自己的女友，丁俊晖一脸的幸福。的确如此，幸福就是在繁忙的工作与生活里，手捧一卷美文细细品读，静静地陶醉在书香里；幸福就是携家人之手，慢悠悠地散步，远离喧嚣浮躁，拥有一份淡然的心绪，静静地感受着生活中的美。幸福其实一直都在，只是你从未察觉。

想到这儿，我决定立马回去，给家人做上一顿好饭，然后趁着夜色还早，陪着她们一起出去散步，幸福地散步……

发表于 2015 年 3 月 13 日《京郊日报》

我家的门楼

我家在农村，是一个位于海坨脚下、濒临官厅湖畔的小山村。这里有山有水，的确是个令人向往的好地方。可是，要知道，这是在已经改革开放三十年之后的今天。要说起以前的日子、以前的生活条件，或许村里每一个人都有一肚子的感慨，想说道说道。

就拿我家来说吧！在我小的时候，爸爸妈妈还在生产队里干活儿，一年四季忙活下来，到年终也分不了多少粮食，更甭提其他的了。那个时候，我常常坐在自家的门墩前，眼巴巴地等着爸爸妈妈回家，盼望着爸爸妈妈能够给我带回来点儿什么好吃的东西。或许正是因为这个原因，经常嬉戏玩耍于门楼前的我，对我家的门楼特别熟悉，哪里有个坑，哪里缺了啥，都再熟悉不过了。

想起小时候我家的门楼，真是简陋得不能再简陋了。门楼小不说，就连门楼的墙都是用土坯打成的，只是在门脸前有一层灰色的旧砖而已。门楼的顶，只用不粗不细的几根木棍铺开，上面放些草垫，用黄泥掺和些稻草一抹，上面再盖上几片小板瓦。或许风吹雨打太久了，门楼的墙面早已斑驳不堪，甚至有的地方都被蚂蚁掏成了不大不小的洞。有时候，雨要是下得大了点，本可避雨的门楼竟也漏起了雨。那时候，我就想：爸爸为什么不把门楼修一修，或者再盖个结实一点儿的呢？有时候想把这个想法说给爸爸听，不过，看到爸爸每天早早出工，满脸疲惫下工后的样子，看着爸爸很少有笑容的脸，我把话一回回地咽了回去。

几年后的一个冬天，听爸爸说，不用去生产队上工了，说以后再也不用为肚子挨饿发愁了。虽然，当时我并不知道发生了什么事情，可是我却清晰地记得，爸爸那天出奇地兴奋，抱着我足足转了好几圈，而且，还特意拿出珍藏了不知道多久的一瓶白酒，小心翼翼地喝了一小杯。直到后来，我才知道，原来，那一年的冬天正好是改革开放、实行包产到户的日子。打那以后，由于爸爸妈妈勤劳能干，家里的粮食多了起来，一家人也能够吃饱肚子了；有时候，爸爸妈妈还能够用余粮换来钱，给我买一些以前想都不敢想的什么小饼干之类的东西吃，让我顿时感觉生活就像糖一样甜。

大概也就是三五年的光景吧！那时候，我正在附近的村子里上中学。还是冬天里的一个日子，快过年了，平时很少说话的爸爸，一边抽着自己卷的旱烟一边说，咱们家的门楼早该拆了，开春咱们就动工，咱也盖一个红砖式的新门楼。当时，我还以为爸爸在吹牛，没想到第二年的春天，我家的门楼真的变成了红砖红瓦式的门楼，个头儿也比先前大了不少，还打了一对真材实料的木门，真是让人看了打心里眼儿里就乐开了花，而且下雨的时候

234

再也不漏雨了。记得，每天放学后，我搬个小桌子，提个小板凳，就在那儿边写作业边等着爸爸妈妈收工回家。

转眼不知道又是多少个寒暑过去，我大学毕业了、工作了，也成家了。一个周末，忙了好几个月没回家的我，带着妻子、女儿，一家三口回了趟家。刚一走到家门口，一个装饰一新的高高大大的门楼摆在我的眼前：漂亮的仿石瓷砖，一排排整齐的小瓷瓦，一扇同城里一样的防盗门，真是要多气派有多气派！正当我纳闷之余，年迈的父亲走了出来，看到我诧异的眼神，兴致勃勃地对我说：如今，我和你妈不愁吃不愁穿，政府每月还发给我们老两口每人四百元的养老钱，真是赶上了好时候了。这不，我和你妈一商量，把咱家的老房子又重新装修了一遍，顺便又盖了一个更好的门楼，你看怎么样？

看着老父亲如同兴奋的小孩子一样，我的心里别提有多高兴了！真的没想到，短短的三十年，我们的生活就如同"我家的门楼"——一天比一天好啊！

发表于 2014 年 6 月 27 日《京郊日报》

父亲盖房

被病痛折磨了一年之久的父亲，在 2013 年初冬就带着不舍，带着遗憾，永远地离开了我们。可不知怎么，我总觉得父亲并没有逝去，只是出了远门……

在梦中，我清晰地看到父亲在忙着归置砖瓦木料，跟我们聊着正在上顶的房屋——熟悉的面庞与声音让我倍感亲切和温暖。父亲这一辈子留给我们的那些点点滴滴的记忆，如同蒙太奇般在我的脑海里悄然滑过……

一

父亲在家排行老四，是家里的"老疙瘩"，上面有两个哥哥，一个姐姐。由于年龄相差太大，哥哥、姐姐早已成家，家里只有父亲和我爷爷、我奶奶三口人了。虽然人口不多，可毕竟爷爷、奶奶年纪越来越大了，在生产队里也挣不了多少工分，日子过得很是艰难。那时候，登门给父亲介绍对象的不少，一看小伙子浓眉大眼、高高大大，觉得挺好，可一看三口人依然挤住在已有好几十年历史的三间破旧小土房里，就都没有了下文。于是，一家人下定决心，一定要盖四间大北房，不然的话，岂不要父亲打一辈子光棍？就这样，在勒紧裤腰带准备盖房的那几年，一家三口在生产队拼命干活儿，尽可能地多挣点儿工分。父亲还忙中偷空儿上山去割一些荆条，编成花筐，悄悄拿到离家二十多里的城里去卖。一分一分地攒，凑够了钱数，去买盖房用的檩条、木柁等。

至于盖房用的椽子，都是父亲利用冬闲时节，上村北的大山上用斧头一斧子一斧子砍下来，然后几根一捆硬生生背回来的。那成百上千根椽子，得背多少次，走多少路，费多大劲儿啊！现在的年轻人恐怕早已不知"背山"为何事了，即便我这二十世纪七十年代出生的人，也难以想象。至于石头、沙土，爷爷年岁大了，只好父亲一个人加班加点准备。经过几年的努力，一家人拼了血本，终于盖起了四间大瓦房。没多长时间，媒人又来说亲了，就这样，母亲被迎娶进了家门，也算了却了爷爷、奶奶心头的夙愿。

后来，我时常听爷爷、奶奶和姑姑说，为家里现在住的这四间瓦房，你父亲可是不知流了多少汗、受了多少累啊！当时他也才十八九岁，那么年轻就开始干这么重的活儿，真是难为你父亲了。在我的记忆里，应该说，这四间北房是父亲这辈子盖的第一处房子。

二

父亲是农村人，知道农家的苦，更知道两个孩子一天天大了，也要结婚娶媳妇，也要住房子。父亲盘算得很清楚，两个儿子，至少得有两处房。所以说，算上现在居住的旧房子，最少还得再盖一处才行。

自打有想法开始，父亲就未雨绸缪起来，生怕像当初自己娶媳妇急需房子一样临时抱佛脚。早在我们哥儿俩还没考出去的时候，父亲就陆续拿出在外打工时省吃俭用积攒下来的钱，今年买点儿砖，明年买点儿木料，后年买点儿瓦。平时冬闲的时候，他就用车拉一些石头、沙子。大概七八年下来，盖房所需的基本材料也就备得差不多了，就等家里经济状况再好一些，努把劲儿，盖上四间新瓦房。在我大学快毕业的时候，家里没了供我上学的经济压力，就开始张罗着盖房子：垒地基、运砖头、推沙子、砌砖墙……看着红墙红瓦的大北房一天一个样，我明显地觉得，父亲的脸颊消瘦了不少。我就劝父亲，干活儿别那么狠，慢慢来。父亲却说："盖房子哪能慢慢来呢，砌墙、上檩、挂椽子、上瓦，那都是一套活儿，容不得你停几天去休息啊！"我知道，父亲是个急脾气，时常加班加点，就是为了早点儿把新房子盖起来。

当时，周围的邻居和朋友都劝父亲：俩孩子都考出去了，你还着急忙慌地盖啥房子啊！也许，孩子们以后不回村里住了呢？可父亲认死理儿：如果孩子今后回家结婚，没有房子哪成啊！还别说，父亲还真是有眼光，哥哥工作几年后，调到临近的村子教书，自然要回村里居住。这样，提前盖好的房子果真派上了用场。现在想来，要不是父亲当时一再坚持盖房，哥哥现在哪能住上崭新的大北房啊！

后来，我毕业在城里分配了工作，虽说是好事儿，却把父亲愁得够呛。父亲知道，城里花销大不说，关键是孩子结婚肯定得有楼房啊！村里盖个房子还能勉强应付，要说在城里买房，那可真是矮子坐高凳——够不着啊！

记得1998年买房的时候，可愁坏了我，更愁坏了父亲。手头上就那么点儿钱，满打满算还差一多半呢！更要命的是，当时银行还不能给贷款，只好四处去借。亲戚家的日子大多也不宽裕，更怕我们借这么多钱，不知道猴年马月才能还，所以几天跑下来也没借到几个钱，愁得父亲一连好几天都吃不好睡不着，直说自己不中用。以前有的亲戚困难时，父亲曾经掏心掏肺地帮助人家，可轮到自己需要帮忙的时候，他们却不肯多伸一把手，父亲很是生气。看着父亲自责的样子，其实我心里更难受，父亲这么多年来紧紧巴巴地供我上学，没想到如今我有了工作，还是没让父亲省点儿心。为了给父亲解宽心，让他放下沉重的心理负担，我只好编好话劝父亲："没关系，办法总会有的，差的这些钱我再去想办法！"

没想到的是，当我和要好的同学和同事把买房的事情一说，虽然大家都不太富裕，但是也都尽力地帮我，几千几千地凑，终于把尾款凑齐了。跟父亲一说，父亲可高兴了，一个劲儿地说，真是老天爷饿不死瞎家雀儿啊！一再嘱咐我，咱们做人一定要知恩图报，记得感恩，以后人家有难处了，一定别忘了尽力去帮助人家。为了尽快帮我还钱，父亲和母亲还利用空闲的时间，不停地寻找在周边村里打短工的机会——春忙时去给附近村里种玉米薅草，秋收时去给种田大户收玉米，就是为了多挣几个钱帮我尽快还债。

那段时间，父亲很节俭，原本抽的是烟卷，后来卷起了旱烟，最后甚至连旱烟也不抽了。虽然一年下来父母也攒不下多少钱，但是每次父亲从几十里外的老家骑着那辆旧式"二八"自行车到城里，气喘吁吁地把那些皱皱巴巴的一沓子钱递到我手里的时候，我的心就像针扎了一样疼。这岂止是区区的几百块钱啊，这是父亲对孩子深深的一片情啊！

三

结婚装修房子的时候，我依然没有让父亲省心。现在想起来，那时的情景仍然历历在目。

父亲说："沙子，咱可以自己弄，怎么着也能省下一些钱。"我赶紧说："算了，沙子也用不了多少钱，自己弄多累啊！"其实我这样说，无非是想让父亲省点儿力气，毕竟从几十里外的老家往城里运沙子，也是很累的。想不到父亲斩钉截铁说："一分钱也是钱，省一点儿咱家的债就少一点儿，以后还债就能快一点儿。"

父亲平时要在工地上干活儿，只好利用午休的时间，到离老家不远的河套筛沙子，然后一趟趟地运回家。攒够了，就用自家

240

的农用车运到城里来。下班后，我看到劳累了一天的父亲傍晚还在从车上卸沙子，我就说："我来吧！您先歇会儿。"父亲一边铲着沙子，一边对我说："你哪干得了这活儿啊！从小，你的手一干力气活儿就会干裂流血。"无奈的我，也只好不硬逞强，由着父亲挥汗如雨。

沙子卸完了，我们就去吃晚饭。本想点些好一点儿的饭菜，父亲为了省钱硬是不让。吃罢一碗刀削面，父亲竟然说："眼看装修的师傅就要来了，咱得赶紧把沙子运上楼去，别耽误装修！"我忙说："那怎么行！都累了一天了，还是我雇个人往楼上背沙子吧！"父亲坚决不让，为了省下雇人搬运的钱，我只好跟父亲一起背起了沙子。几趟下来，我就瘫倒在了地上。看着父亲一趟趟地背着，一袋袋沉重的沙子压在父亲的背上，我的心里愧疚极了。

四

结婚后的几年里，我们慢慢还清了债务，全家人的日子过得平静而幸福。虽说父亲依旧是忙里忙外闲不住，可毕竟能挺直腰杆轻松地过日子了。

父母的年纪越来越大了，逢年过节，只要有空，我们一家三口就会回去看望他们。一次，我闺女和爷爷、奶奶睡在自家的土炕上，早晨起来被炕席里爬出来的虫子吓得够呛。本来这不算啥事儿，好好把屋子收拾一下就行了。可是没多长时间，父亲专程来城里找我商量："村里把咱老房子旁边的一块荒地批给咱家当作了宅基地，要不咱再盖几间新房，省得破旧的土坯房跑风漏雨的，进了虫子又惹得我孙女害怕。"

我知道，盖房子是一件很艰苦的事儿，父亲先前操心费力已盖了两处房子，还帮我买楼房、弄装修。这么大年纪了，怎么能再受累呢！可是，父亲却倔强得很，非要盖几间新瓦房。后来听母亲说，父亲觉得他给大儿子盖了一处房，二儿子也一定要盖一处，这样，才觉得一碗水端平了。

没办法，看着父亲那非盖不可的架势，我只好出了一部分钱。在紧挨着现在老房的旁边，父亲开始盖他这辈子盖的第三处房子。为了多省钱，除非必买的东西、必请人干的活儿，其他一律都是他自己加班加点干的。没多久，口头上不服老的父亲，由于身体实在吃不消而累病了。为了不让我工作分心，他一直都没跟我说起。直到房子盖好了，住进去了，母亲才偷偷跟我唠叨这件事儿。父亲竟然不以为然，脸带愠色地对母亲说："有啥好说的，现在我这不是好好的吗？"看着父亲满脸皱纹，白发越来越多的样子，我的心里酸酸的，不知道是个啥滋味。作为父亲，他为我们付出的实在是太多了。

五

天有不测风云。好日子刚刚开始，父亲住进新房满打满算也就才三年的光景，我发现父亲的精神状态明显不如从前，我赶紧带着父亲去医院做检查。

真是怕什么来什么。虽然我心里对父亲的身体状况有些担忧，却也希望只是小毛病而已。因为，两年前，我带着父亲做了一次体检，各方面指标都还很正常。父亲当时拿着化验单子，一个劲儿地埋怨我不该来医院花这冤枉钱，一路上对我唠叨说自己的身体棒着呢！谁承想，这才刚刚过去两年多，再次检查出来的结果让我简直无法承受——肝癌晚期，并已转移扩散到肺部。

经过京城大医院的治疗，父亲的病情稍微得到控制，虽然时好时坏，但基本上也能吃能喝了。那一年的时间，我几乎每个双休日都会回去，尽可能多买一些父亲想吃的东西，尽可能多陪一陪他，和他聊聊天、唠唠家常。这一年，应该说是我工作十几年来和父亲相处时间最长的一段日子。每当回去的时候，父亲坐在宽敞的庭院里，回忆我小时候的时光，那时的苦、那时的累、那时的笑、那时的乐……父亲语重心长的话语，明显少了昔日的强硬，多了一些温和，但每句话都让我更懂得了父亲很少表露的内心，懂得了父亲对我的期望！

一年后，父亲还是离开了我们。

站在父亲的坟前，很少流泪的我，泪水却如泉涌般潸然而下。我可敬的父亲就这样走了，再也回不来了。虽然父亲这一生没有惊天动地的壮举，也没有给儿女们留下巨额的财产，但是，父亲一辈子勤勤恳恳，给我们后辈留下了值得永远记忆的精神财富。我想念父亲，希冀他老人家在天堂那个遥远而美丽的世界里，好好地歇一歇，别再为儿孙们操心、劳累了。

发表于 2015 年第 3 期《北京作家》、2015 年 8 月 5 日《京郊日报》

母亲的菜园

　　老家的房子，年头可不短了，据说比我的年龄还长一些。而且还是个套院，除却南北两向的房子以外，中间还有一块不大不小的空地。母亲种了一辈子地，自从家里的很多承包地都被流转后，院子里这块曾经不怎么被重视的地方，转眼间可就成了母亲的最爱。要知道，这可是她现在唯一可以继续挥洒汗水的地方了。

　　母亲是从苦日子里过来的人，所以对于这几分地的菜园格外重视，这儿种什么，那儿种什么，一年种几茬，怎么轮种、套种，还没到春天，心里却早就开始盘算起来了：水萝卜、豆角、土豆、菠菜、韭菜、西红柿、黄瓜、冬瓜、南瓜、大蒜、西葫芦、圆白菜、生菜等等，可以说一应俱全。凡是咱们当地可以种的菜，几乎全都种上了，小小的见方之地简直就是一个"百菜园"。

　　刚刚拔出的萝卜，红里透着白，白里透着红，还散发出一丝丝泥土的芬芳气息；悄悄爬满架子的豆角，长长的、扁扁的，尤其是早晨的时候，还带着露水反射的晶莹光芒，让人真是不忍心下手去摘，觉得看着就是一种美好的风景；顶花带刺的黄瓜，鲜嫩得更是让人怜爱，挺挺的，直直的，白白的小刺儿让人不敢靠近，顶部的小黄花支棱着似乎舍不得"离开"；通红通红的西红柿，个个长得饱满饱满的，让人看着就垂涎欲滴地想咬上一口；油绿油绿的韭菜，长得粗粗壮壮的，一看就是吸足了地里的水分和养料；最让人欢喜得不得了了的就数那些大冬瓜、红南瓜了，琳琅满目、错落有致地一个个吊在棚架上，乘着微风轻轻地晃着，活脱脱就是一幅风景油画啊！还有那一畦畦茂密的菠菜、圆鼓鼓的生菜，一个小小的菜园，让母亲侍弄得风生水起，甚是"壮观"。

到了收获的时候，各式各样的蔬菜自然就成了我们家餐桌上的美味。每次回老家，母亲都会自豪地说，你们去园子里瞧瞧，想吃哪个菜随便摘！瞧着母亲满满的得意劲儿，我们心领神会，赶快去园子里东看看、西瞅瞅。我们不仅能吃上这第一手的鲜菜，还能体验一下采摘的乐趣，心里别提有多快乐了！院子里种菜的优点就是，随用随摘，菜园子就是一个天然的"大冰箱"。更何况，园子里用的都是鸡粪、牛粪等农家肥，按照时下时髦的词来讲，母亲院子里产的蔬菜，那可是正儿八经的纯天然有机蔬菜，没有半点儿污染，吃起来那味儿就是一个感觉——地道。

也许，母亲正是听了我们每次回老家的啧啧称道，生怕我们吃不上她种的菜，每隔一段时间就坐公交车大包小包地给我们送过来一些，次数多了，我们也心疼她，就常跟她说，城里啥都有，再说，我们不常在家做饭，实在吃不了这些。有时看到母亲拿来的新鲜蔬菜，过一段时间蔫掉、烂掉，心里很是不落忍，让她别这样老是跑来跑去的，太辛苦。可母亲自有她的一番道理，你们不是爱吃我种的菜吗？再说，种了那么多菜，我一个人也实在是吃不了啊！她就东家二婶送一堆、西家三姑给一筐，大家也连连称赞，直说比他们自己种的菜还好吃。

转过年，又到了蔬菜成熟的时候，我们回家一看，母亲的菜园跟往年相比有了很大的变化，虽然说还是一畦畦的，归整得很是齐整。不过，数量明显减少了，而且在靠近晾台的四周，用许多小木棍插在地里面，划出了大概半米左右的小长方形，里面种的却不是什么蔬菜，取而代之的是各式各样的花儿，有迎春、月季、丁香，还有美人蕉、芍药、杜鹃花，有的已经开得灿烂如烟，有的还在含苞欲放，有的正在茁壮成长。忙问母亲，原来一门心思好好地种菜，现在咋开始鼓捣起花儿了呢？要知道，母亲以前可是"抠"得很，哪怕屁股大的一个地方，她也会种上几株西红柿，或者点个豆啥的。

母亲不无得意地笑着说：笑话我老太太岁数大啥都不知道咋的？村里的大喇叭经常播放，世园会将在咱们这儿举办，全区都开展"园艺进我家"活动，我这不是积极响应政府号召嘛！再说，以前菜多了也吃不了，种一些花看起来也挺不错的，园子里更美了，也显得更有气氛了。这不是一举两得的事情吗？要说如今这日子真是好，搁在从前，哪有空闲的地方鼓捣这些"中看不中用"的花啊！紧着种菜还不一定够一家子吃呢！

我们当然十分高兴，母亲不仅把菜园种得如此有声有色，就是种花也是这么讲究这么有水平，看起来，母亲的幸福生活指数真是越来越高了!

一边看着绿油油的菜园,一边欣赏着五颜六色的花儿,望着生机盎然的"菜园",已然成了人见人爱的"花园",我们一家三口不由自主地齐刷刷给母亲伸大拇指"点赞"!

母亲更是乐得合不拢嘴了,似乎没见过这阵势,笑呵呵的脸上立即泛起了一团团的红晕……

发表于 2018 年 6 月 11 日《京郊日报》

2022，相约北京！

北京，赢了！再一次赢了！！

7 月 31 日，注定会成为值得我们永远记住的日子。因为，就在这一天，国际奥委会主席巴赫在吉隆坡宣布：中国北京获得 2022 年第 24 届冬季奥林匹克运动会举办权。由此，北京也创造了历史，成为第一个既举办过夏奥会又将举办冬奥会的城市。同时，冬奥会的申办成功，也见证了北京再次迈出历史性的一步，我们这个拥有灿烂文明的古国，这座拥有八百多年历史的古都北京，即将在 2022 年续写 2008 年的辉煌，迎来奥林匹克运动的又一次激情绽放。

"双奥之城"，历史上绝无仅有，怎么能不让我们为之兴奋呢！曾记得，2001 年 7 月 13 日那天，萨马兰奇先生在莫斯科宣布北京成为 2008 年夏季奥运会主办城市时，喜讯传来，举国欢腾。全国成千上万人走上街头，彻夜狂欢，港澳台同胞和海外侨胞也欢欣鼓舞，尽情抒发爱国之情。一向含蓄内敛的中国人，在这个夜晚笑得那么尽兴，那么骄傲。就连平日里稍显内向的我，也抑制不住内心的激动，高兴地直接从沙发上蹦了起来，要不是怕吵着楼下的邻居，恐怕楼板都会被我震得咚咚响。

如今，时隔十四年之后，我们又再度成功申办冬奥会，更是再次燃起了我久违的激情。尽管当时我正在祖国西北部的兰州火车站，和朋友一行数人在青海甘肃逗留几日之后，准备踏上返京的行程。可是，当从网络上、广播里，从遥远的马来西亚，传来了令我耳熟能详的那几个字"北京，2022！"之后，说实在的，我内心的激情火焰就按捺不住了。是的！北京，中国北京，在成功举办2008年夏季奥运会后，我们北京又将举办冬奥会了！作为北京的一分子，作为中华民族的一分子，心情又怎能不为之激动呢！这是难忘的一天，现场中国申冬奥代表团的所有人沸腾了，在电视机前的千百万人沸腾了，在五湖四海、白山黑水之间的中国人沸腾了！

要知道，每一次的体育盛会都能够让人们更加关注健康，关注运动。记得2008年北京奥运会举办之际，就曾掀起过一阵阵体育热，学校纷纷开展体育项目，让学生与奥运更加贴近。一提奥运会，"福娃""鸟巢"是最先从学生嘴里蹦出来的名词，运动也就此成为了很多学生一生的习惯。那么2022年的冬奥会呢？我相信，也一定不会例外，喜爱运动的孩子们，注定会掀起一阵"冰雪旋风"，或许，您的孩子也会经历一段"冰雪奇缘"呢！我也相信，学校的体育教育也会把更多目光聚焦到冰雪运动上，冰雪运动或许会成为您家孩子一种新的休闲方式。放寒假了，邀约上三五好友，一起去滑雪吧！在风驰电掣的滑雪中，去尽情体验冰雪的无穷魅力。因为，在冰雪的世界中，我们会愈加健康、快乐。

北京必将为奥林匹克的光辉史册再添神奇美妙的一笔。在2022年中国的传统节日春节期间，在雄伟的万里长城脚下，让我们用"纯洁的冰雪"邀约全世界爱好运动的朋友们，来共赴一场"激情的约会"吧！

发表于 2015 年 8 月 7 日《北京日报》

脚下的幸福

好友到小城办事，顺路来看我。我正在办公室里聚精会神地"码字"，丝毫没有注意到他已经悄悄站在我的身旁。等我意识到的时候，一脸羡慕的他用手拍着我的肩膀，看着我办公桌上转动的小水车不无感慨地说："你可真够自在的啊！聆听着流水潺潺，沐浴着温暖阳光，生产着精神食粮，够惬意！"

我让他这么一说，顿时愣了一下，立马回敬道："你就别埋汰我了，我哪里比得上你，堂堂的国家干部，一毕业就顺风顺水，不像我一个小小的平头百姓，只剩下自得其乐了！""哎，家家有本难念的经。你就知足吧！平常没少在报纸杂志上看到你的大作，听说你还出版了自己的第一本书，想想都让我羡慕嫉妒呢！"好友揶揄道。

"我这有啥好让你羡慕的？你那年顺利考上了公务员，我回到山区小城，本想也像你一样，可还是在公务员考试笔试第一的情况下，在面试环节中惨遭淘汰，那时候的心情，那时的愤懑，

251

又有谁理解得了呢！"我无奈地说。

"千万别想那么多，你这不是塞翁失马嘛！如果你也像我一样，整天忙于这些琐碎的事务与应酬，还有时间和精力实现你的文学梦想吗？这就像杯子中的半杯水，如果你看到的是半只空杯子，你肯定想到的是不如意的地方，如果你看到的是半杯水，你的心里肯定充满着幸福的满足感，你说是不是？"好友一本正经地说。

我这些年发奋在文学的道路上默默前行，也是小有所获。每年我都在全国各地的报纸杂志上发表不少的文章，还结集出版了自己的第一本书，加入了北京市作家协会。拿好友的话来说，不见得你看到的光鲜的东西就是十全十美的，健康活着，有一份安身立命的工作，还能够有心境书写自己的感情与感悟，这就已经很不错了。

人生不如意之事十有八九，明朝散发弄扁舟。在这世间万象中，古往今来，谁没有个磕磕绊绊的时候？谁没有个失落无奈的时候？只要心中还有希望，幸福就会在不远处等着你去拥抱。有句歌词写得好：这些年，一个人，风也过，雨也走，还记得坚持什么？其实，幸福只是半杯水而已，而空与满就在于我们自己；幸福就如同办公桌上的小水车，转不转也在于我们自己。不管怎么说，我们都不能太过悲观地生活，要保持一个阳光的心态。当你面临生活考验的时候，不妨想想和你有同样经历的人还有很多，还有许多比你更不容易的人，你为何不能笑着去面对生活呢？要知道，心境不同，产生的能量也是不同的，而我们需要的是蓬勃向上的正能量，引领我们积极向前，去实现美好幸福的生活。

海子说，面朝大海，春暖花开。很多人平时总是仰望和羡慕别人的幸福，一回头，却发现自己也被别人仰望和羡慕着。其实，每个人的生活或许都是幸福的，只是，你的幸福常常在别人的眼里。

发表于 2018 年 6 月 11 日《京郊日报》

图书在版编目（CIP）数据

微幸福 / 孙广勋著 .—北京：作家出版社，2019.10
ISBN 978-7-5212-0737-8

Ⅰ.①微…　Ⅱ.①孙…　Ⅲ.①散文集－中国－当代　Ⅳ.① I267

中国版本图书馆 CIP 数据核字（2019）第 214040 号

微幸福

作　　者：孙广勋
责任编辑：周李立
装帧设计：薛　怡
出版发行：作家出版社有限公司
社　　址：北京农展馆南里 10 号　　邮　　编：100125
电话传真：86-10-65067186（发行中心及邮购部）
　　　　　86-10-65004079（总编室）
E-mail:zuojia @ zuojia.net.cn
http://www.zuojiachubanshe.com
印　　刷：北京明月印务有限责任公司
成品尺寸：142×210
字　　数：100 千
印　　张：8.375
版　　次：2019 年 10 月第 1 版
印　　次：2019 年 10 月第 1 次印刷
ISBN 978-7-5212-0737-8
定　　价：39.00 元